解体の勇者の成り上がり冒険譚 2

A L P H A L I G H T

無謀突撃娘

mubоutotsugekimusume

JN089887

アルファライト文庫

MainCharacters....
主な登場人物
ガオム
ユウキの臣下《しんか》の一人。
大剣を扱《あつか》う大男。
リナ
ユウキの臣下の一人。
料理が得意な美少女。
ユウキ
本作の主人公。役立たずとして
勇者のパーティを追放された。
得意の解体技術を駆使《くし》して
成《な》り上がっていく。
リフィーア
戦闘もこなす美少女神官。
ちょっと天然でよく食べる。

ジークムント
もう一つの勇者のパーティのリーダー。根っからのクズ。
ベルファスト
勇者のパーティを率《ひき》いるリーダー。
性格が歪《ゆが》んでおり、
他者を見下《みくだ》している。
ファラ
勇者のパーティの一人。
「火炎の勇者」を名乗っている。
メル
勇者のパーティの一人。
「御門《みかど》の勇者」を名乗っている。

第一章　勇者パーティの分裂

「――以上でございます。質問は？」

勇者パーティの一員である私、「火炎《かえん》の勇者」ファラは、「御門《みかど》の勇者」メルとともに冒険者ギルドに駆《か》け込んでいた。

そうして勇者パーティから逃れたいと頼《たの》み込んでいたところ――ギルド職員から衝撃的《しょうげきてき》な話を聞かされる。

それは、ギルドが総力を上げて、勇者パーティを追い詰《つ》めようとしているというものだった。

さらにギルドは、組織内の不穏分子《ふおんぶんし》の一掃《いっそう》計画まで考えているらしい。特に、勇者らを背後から支援《しえん》している王族・貴族は徹底的《てっていてき》に叩くとのことだ。

現在、勇者たちを放置しているのは、背後から支援する人物の情報を集めるため。それが終われば、即刻《そっこく》消す予定らしい。

その後、私たちは宿屋に戻った。

「ファラ！　メル！　どこに行っていたのだ！」

勇者パーティのリーダー、ベルファストが責《せ》め立てるように聞いてくる。パーティメンバーであるベルライト、カノンも不審《ふしん》げな視線を向ける。

今はこいつらに関わっている余裕などない。私は質問を無視して尋《たず》ねる。

「ところで、倒したモンスターは？」

私とメルがギルドに駆け込む前、勇者パーティはたくさんのモンスターを狩《か》ったのだ。

「ああ、それなら貴族たちが高値《たかね》で買い取ってくれたぞ。さすが貴族だ。我々の有用性をよく理解しておられる。もはや冒険者ギルドにモンスターを卸《おろ》す必要はないな」

高らかに笑うベルファスト。

彼は、それがどういう意味を持っているのか、まるで理解していない。

王族・貴族が支援してくれるのは、勇者パーティが有用な駒《こま》だからに過ぎない。その意味がなくなれば、ゴミクズと同じにされるのだ。

私の心配はそれだけではない。貴族らに、狩ったモンスターを全部売ったということも問題だった。

普通、モンスターの素材は、冒険者ギルドの厳正《げんせい》な審査《しんさ》によって価格が決められる。

だが、貴族の売買にそんな常識はない。彼らが求めるのは、あくまで高く売ることだけ。

それによってどんなことが起こるのか――

おそらく裏市場に販売されるだろう。

私たちの狩ったモンスターの状態は、明らかに良くなかった。

それを高額で買い取った貴族も貴族なら、その販売相手も相手だ。あんな物をどう利用するのかわからないが、絶対に問題になる。

ともかく、こいつらは何も理解していない。

私とメルは幽鬼《ゆうき》のようにフラフラと部屋に戻った。


「「どうしよう」」

私たちの抱《かか》える問題を火に例えると、火種《ひだね》を通り越《こ》してすでに大火事になっており、消火が不可能な状況であった。

貴族などの思惑《おもわく》、裏社会との繋《つな》がり、何もわかっていない馬鹿な勇者たち――今まではユウキがいたから何とかなってきたが、もはやどうしようもなかった。

それ以外にも問題はある。

金を各所から借りていて、様々な契約書に安易《あんい》にサインしていたのだ。ユウキは絶対にサインしなかったが。

もはや半分奴隷《どれい》状態であり、死ぬまで苛酷《かこく》な労働を強《し》いられるだろう。

「何とか、何とかしないと……」

「うーん」

メルと二人で悩《なや》むが、解決策など出てくるはずもなかった。

×　×　×

翌日、ベルファストらはどこかに行ってしまった。

私とメルは、もう一度冒険者ギルドに行くことにした。

「支部長がお呼びです」

どういうわけか、支部長の所まで案内される。これまで押しかけたことはあっても、呼ばれたことなどなかった。

部屋まで行くと、ギルド支部長のほかに予想外の人物が待っていた。

「『ユウキ！』」

「久しぶり、だね」

私たちが無用として追い出したユウキ本人が、そこにはいた。向こうは二度と会いたくもなかっただろうが――

私とメルは謝《あやま》ることも忘れて、とっさに懇願《たんがん》する。

「お願いです！　助けてください！」

「お願い！」

一方、ユウキは事情がわからないといった反応だった。

「何なのいったい？」

それから私は、ユウキと別れたあとの顛末《てんまつ》を、途切《とぎ》れ途切れに説明した。

一通り話を聞き終え、ユウキが告《つ》げる。

「だから口が酸《す》っぱくなるほど言ったじゃないか。打算《ださん》でもいいから、他人との交流を大切にしろと」

確かにその言葉を無視し続けたせいで、私たちは地獄《じごく》を味わった。私はいっさいの反論ができなかった。

「悲惨《ひさん》なことになっているみたいだけど、同情もしないし、かけるべき言葉もない。今までのツケを払ってるだけとしか思えないよ」

ユウキは冷たく言い放った。

私は泣きそうになりながらも言葉を返す。

「それは嫌《いや》というほどわかっています。その解決策を頼みたいのです」

「解決策って……」

「お願い」

「あれだけのことをしてきたのに、今さら助けを求めるの？」

――虫がよすぎるだろ？

ユウキは実際に口にしなかったが、顔ではそう言っていた。

「僕からは、勇者なんて称号は捨てて、さっさと逃げ出せとしか言えないよ」

続いて彼は、次のようにアドバイスしてくれた。

罪をすべて白状《はくじょう》すればかなり減刑《げんけい》される。罪を償《つぐな》ったあとはどこか開発地に逃げ込み、目立たないように暮《く》らす。そうすれば、貴族も追いかけてこないだろう。

しかしそんなユウキの助言に、私は反発する。

「……私たちは若く、十分に働けます。まだまだ冒険者として行動したいのです」

「都合が良すぎるよ」

首を横に振ってそう言うユウキに、メルがすがりつくように話す。

「それも理解してますが、それでは貧《まず》しい暮らししかできないではないですか？」

勇者という称号はすでに無意味だとわかっている。だが、それでも私たちには冒険者として働きたい気持ちがあった。

「君たちの悪評《あくひょう》は、冒険者の間で知らない者はいないほど知れ渡っているんだよ。それで、誰と組む気なの？」

あれだけのことをしてきたのだから、誰であれ拒否《きょひ》するだろう。

それはわかっていたが——私は思いきって口にする。

「……ユウキと」

ユウキはため息をついた。

そこへ、今まで黙《だま》っていたギルド支部長が話に入ってくる。

「それについては、いくつかの条件を認めてもらう必要がありますね」

「……条件ですか？」

ギルド支部長によると、今までベルファストらが隠《かく》し通してきたユウキの貢献《こうけん》をすべて認めろとのことだった。

「それによって、ユウキの順位は第６位にまで上がる。そして、爵位《しゃくい》の授与《じゅよ》が認められることになる」

そういえば、そのような報告などはすべてベルファストの一存で決まっていた。

自《みずか》らの罪を報告し、真面目《まじめ》に働くことを約束する——そうするならば、私とメルの二人だけは減刑されるらしい。

「「認めます！　認めますとも!!」」

もう逃げ場がないので必死だった。

その後、交渉《こうしょう》することになった。

ギルド支部長は書類を用意していたようで、すぐさま中身の確認をさせる。

「内容は以上です」

私は、天から下《お》ろされた蜘蛛《くも》の糸に掴《つか》まるかのように、それにサインをした。

ギルド支部長が告げる。

「あなたたちは勇者パーティが壊滅《かいめつ》するまで、勇者パーティと行動をともにし、内部情報を引き出してください。そうして証拠《しょうこ》集めをしてもらい、潰《つぶ》す段階になったら保護します」

こうして私とメルはスパイをやることになった。

なお、今まで私とメルがしてきた不当な契約などは破棄《はき》してもらえた。スパイの援護《えんご》もしてくれるという。

喜ぶ私たちとは対照的に――

「はぁ、面倒だ」

ユウキは面倒事に巻き込まれたせいか、ウンザリした顔であった。

×　×　×

「これでどうにかなりますね！」

「うん！」

私たちは上機嫌で街中を歩いていた。

これだけの罪なのでどうなるかわからないが、冒険者ギルドが身柄《みがら》を保証してくれると約束してくれたのだ。

ただし、その条件として提示されたのが――

勇者パーティを援助《えんじょ》している背後の人物と、勇者パーティの仲間の情報を売ること。そして、今まで隠し続けてきたユウキの貢献をすべて認めること。それ以外にも、険悪《けんあく》な関係となっているほかの冒険者との関係改善なども求められた。

だが、とにもかくにも命綱《いのちづな》を掴めた。まだ、勇者パーティから離脱《りだつ》はできないが、できたらユウキの世話になろう。

そう思いつつ、私は歩を進めた。


宿屋に戻ると、ベルファストらが帰ってきていた。

「どこに行ってたの？」

私は疑問《ぎもん》をぶつける。

「ああ、貴族主催《しゅさい》のカジノにな」

「「はあ⁉」」

私とメルの声が重《かさ》なる。

カジノって……あのカジノ？

貴族が主催するカジノは交流という名目で開かれているが、カモにされるのがオチというのが実態だ。

そんな所に行ってどうするのだ？　各所から借りた金の返済すら終わっていないのに。

「途中までは馬鹿みたいに勝ってたんだが」

美女に囲まれて、煽《おだ》てられて、大金を賭《か》け続けて、一文無《いちもんな》しになる――という決まりきった流れだったらしい。それで、甘い言葉に踊《おど》らされた彼らは借金してさらに続けたが、結果として借金だけを増やして帰ってきたそうだ。

私は怒りを抑《おさ》えられず声を上げる。

「馬鹿じゃないの！　私たちは今8位なのよ！　大物の討伐《とうばつ》ができないし、解体や料理といった生命線を担《にな》う役割をする者もいない。それを引き入れることすら困難なのに、博打《ばくち》で借金を増やしてどうするのよ‼」

「これも支援者である貴族との交流の一環《いっかん》だ。なーに、我々がその気になれば順位などすぐに上がるし、金はいくらでも稼《かせ》げるさ」

こいつらはどこまで楽観的《らっかんてき》なのだ？

確かに、普通なら私たちの順位が上がることは難《むずか》しくないかもしれなかった。だが、冒険者ギルドは私たちの功績《こうせき》を大幅《おおはば》に制限する方針なのだ。

モンスターを狩るのも駄目《だめ》、解体も駄目、料理なども駄目、最後に交流も駄目と来ては、仲間探《さが》しもできない。

まったくもって未来がないのだ。

「ふざけんじゃないわよ！　仲間に誘った冒険者に裏切られて、日干《ひぼ》しの刑を受けたのを忘れたの！　あんなのは二度とごめんよ⁉」

地獄を何回も味わわされては精神が耐《た》えられない。あのときは何とか奇跡《きせき》的に生還《せいかん》できたけど、次があるとは限らない。

「だからこそ貴族との交流を大切に――」

「それが馬鹿なのよ！　あいつらの考えなんて見え見えじゃない」

私たちを借金漬《づ》けにして、身動きが取れないようにする。

貴族とは、自分さえ良ければ、当然のように悪事を働く生き物だ。

同じ爵位持ちでも「世襲《せしゅう》貴族」と「職業貴族」は大きく違う。後者のほうが民衆受けが良く、評価も高い。収入も当然後者のほうが高いのだ。

「こいつらはもう駄目だ、一刻も早く抜け出したい」

「うん。ユウキが言ってたことが現実になった」

私とメルは怒り心頭《しんとう》で部屋に戻った。

上等な個室なので、無駄に金がかかっている。だが、もう金を払っているので、嫌でもここに泊まるしかなかった。

ああ、神様。いくらでも罰を受けますから、早くこいつらと手を切れるようにしてください。

ここまで来て神に祈っても仕方がないと思うが、そうしないと心が壊《こわ》れそうだった。

×　×　×

「ユウキのパーティですね。すみませんが、少しお話があります」

僕、ユウキがいつものように冒険者ギルドで討伐依頼を受けようとすると――ギルド職員からお話があるとか。

「今日から、第二陣がモンスターの討伐に参加するんですが、解体師が不足しているんですよ。そちらの援護に回ってはもらえませんか？」

「それはいいけど」

普通だと、こういう場合はギルドお抱えの解体師がやるはずだ。まだ順位が低い僕らに勧《すす》めるような依頼ではないはずだが。

そのことをそれとなく伝えると、ギルド職員が答える。

「ギルド支部長や他の解体師の多くが賛同《さんどう》してますから、問題ありません」

他の人の同意も得ているようだし、危険を冒《おか》さずにお金が入る。僕の仲間らにとっても良い仕事だし、引き受けても問題ないか。

ギルド職員が条件を伝えてくる。

「取り分は、解体した頭数分の二割五分です」

「了解」

通常が二割なので、ちょっと良い条件だな。

その後、他の解体師と合流した僕たちは、その仕事をすることになった。


「せぇの」

僕はパーティメンバーである神官騎士のリフィーアと組み、同じくパーティメンバーのエリーゼ、リラ、フィー、ミミは彼女たちだけで一緒になって行動していた。

ボアの頭にフックをかけて、テント状にした棒《ぼう》に吊《つ》り上げる。

その下に大きな桶《おけ》を置いて、ボアのお尻に細工《さいく》をしてから腹を割《さ》いて、内臓《ないぞう》を落っことす。

四肢《しし》の先を丸く切って、そこから中心に向かってナイフを入れる。それが終わってから、徐々に毛皮を剥《は》いでいく。

毛皮を剥ぎ終わったら、肉の部位の取り外《はず》しにかかる。どこの部分を優先的《ゆうせんてき》に取り出すかを見極《みきわ》めて、迷《まよ》いなくナイフを入れて肉を切り出していく。切り出した肉は台の上に置いていった。

最後に、骨をノコギリなどでギコギコと切って分割して作業終了だ。

エリーゼたちは少し遅《おく》れているが、同じように作業を進行させていた。

「ユウキ、次をお願い」

「わかった」

ボア、シーク、ウルフなどが次々と僕のもとに運《はこ》び込まれてくる。

第二陣は、第一陣のとき以上にモンスターの数が多いようだ。専属の解体師を連《つ》れてきているパーティもいるが、ごく少数だな。

そんな解体師もその半分以上は、解体技術についてあまり学んでいないようだった。

内臓や汚物《おぶつ》の処理が適切に行なわれておらず、台に置いて解体しているので、手や体が酷《ひど》く汚《よご》れている。

あれだと感染症《かんせんしょう》の危険性があるし、頻繁《ひんぱん》に水で流さないといけない。作業の進み方は良くないな。でも、モンスターの解体の仕事は次々と入ってくる。

結果として、格段に作業が早い僕らに、多く仕事を割り振られるわけで――

「ユウキ、こっちを」

「こっちもだ」

「はいはい」

僕は、他の場所の面倒も見ることになった。

棒のテントは三つ用意していて、そのうち一つをメイン、他をサブとして平行作業をしている。

モンスターを吊り上げて、毛皮の解体までをやって、次のテントに移る。あとは他の人でも十分対応できるのだ。

解体師は技術職なので、僕以外の解体師はモンスターを吊り上げる膂力《りょりょく》はないようだった。

僕は、他より多くの仕事を抱えることになっていた。

「各自休憩《きゅうけい》と食事を取れ」

どうやら一息ついたようで、解体師を束《たば》ねる人物がひと休みの命令を出した。

「ふぅ」

「やっと休憩です」

大忙しの仕事が一段落したとあって、僕の仲間らは大きな息をついている。

朝一番から解体を始めて今は昼頃か。もう頭数なんて覚えてないな。

出された食事は、やや柔《やわ》らかいパン、肉の腸詰《ちょうづめ》、サラダ、お茶だった。こっちの世界では緑茶はないが、紅茶はある。そこそこの値段がするが、解体師にまで出すということは、優遇《ゆうぐう》してくれている証拠だろう。

解体師を取りまとめているリーダーが話しかけてくる。

「ユウキさん、すまねぇな。一番仕事が早いから多く割り振っちまった」

「いえ」

他の人たちも忙しかったのだが、その三倍近くの仕事を、僕はこなしていた。エリーゼたちも他より多くの仕事を振られている。

まあ、その分報酬《ほうしゅう》が多くなるので、別に気にすることではない。

別の解体師の男が言う。

「あの吊り上げ式解体術ってのは、格段に楽で早いな。全方向から刃物を入れられるし、動かす必要もない。何より汚れやすい内臓などの処理も簡単だ」

どうやら僕らのやり方に興味津々《きょうみしんしん》のようだ。

「あれの予備はないのか？」

残念だけど、エリーゼらに貸している分以外、予備として用意していたパーツなどはすべてギルドに売ってしまっている。

そのことを伝えると、その場にいた解体師たちは残念そうな顔をした。

「ってことは、ギルドの大工房で製造開発を進めてるってことか。早く配備《はいび》してほしいなぁ」

「そうだよなぁ。これがあれば格段に効率が良くなる」

彼らが解体の効率にこだわるのには理由がある。

冒険者ギルド支部に所属する解体師の取り分は二割だが、解体した頭数や素材の分け方の出来で買取値は大きく上下する。一体あたりが高く売れて、さらに多く解体できるとなれば、その分だけ収入が増えるというわけだ。

専属で雇《やと》われているとはいえ、その仕事の質には明確な差があり、腕が立つほど重要な仕事を任《まか》せられる。

ちなみに、素材の取り出しから販売まで独占《どくせん》している冒険者ギルドだが、その金の割り振りは難しく、各部門で予算申請の書類が山積《やまづ》みだという。つまり、資金力はあるのだが、明確な利益となる投資としての技術や知識の開発・発見は難しい課題なのだ。

そんなわけで、僕の吊り上げ式解体台は、手詰《てづ》まりだった技術の進歩に大きく貢献するだろうということだったが——まあその辺はどうでもいいか。

そうして穏《おだ》やかに話をしながら休憩と食事を終える。

「さぁ、モンスターはこれから山ほど入ってくる。久々のボーナスのために頑張《がんば》るぞ」

リーダーの号令とともに、仕事を再開することにした。

×　×　×

「お断《ことわ》りします」

私、ファラの目の前で、ベルファストが勧誘した冒険者が去っていく。

あれから私たちは、解体と料理ができる仲間を探し続けていたが、全員嫌そうな顔をして拒否してくるのだった。

そこそこの経験者から駆け出しの新人まで声をかけたが、全部空振《からぶ》りであった。

ベルファストが声を荒《あら》らげる。

「我々は誇《ほこ》りと栄誉《えいよ》ある勇者のパーティだぞ！　なぜ入ろうとせんのだ！」

言うまでもなく、他人を見下《みくだ》している態度のせいだ。

それすらもわからないほどに腐《くさ》ったベルファストに、私はウンザリとした表情を隠すことができなかった。

こうなっては、冒険者ギルドに授業料を払って、私が解体と料理を勉強するしかない。

さすがにそこまでは反発されることはないだろう。

そう思っていたが――

「そんな下民がするようなこと、高貴《こうき》な我々には不必要だし、覚える必要もない！　血《ち》腥《なまぐさ》く汚れる解体とか、手間がかかる料理とか、特権階級のやることではないのだ。そういうのは下の連中にさせるべき仕事だ」

ベルファストは未だに解体と調理を見下しており、私とメルが勉強すると言っても頑《かたく》なに拒《こば》んだ。

授業料はそこそこ高いが、仲間に入ってくれる人物がいないのだから、覚えたほうが安上がりなのに、ベルファストは折れない。

「ハァ……」

「ファラ、もう逃げ出したい」

私もメルも今の状況の悪さを考えて、ため息しか出なかった。

すべての発端《ほったん》は、ユウキを追い出したことなのだけど、彼には何の罪もない。罪があるのはすべて私たちのほうだ。

ユウキがよく口にしていた言葉を思い出す。

「打算的でも良いから人付き合いを大切にしろ」

「地味で面倒な仕事だからこそ優遇しろ」

「他人の信頼を得ていなければ、後ろから攻撃される」

今になってその意味を理解できた。

彼の言葉を守っていれば、ユウキが抜けたあとも人材の補充《ほじゅう》が難しくなかったはず。冒険者ギルドからは、将来ある冒険者として評価されたかもしれない。

だけど現実は、最低最悪の凶状持ち《きょうじょうも》のパーティという評価であった。

入ってくれる者はいないし、他のパーティとの連携は不可能。こんな状態で冒険などできない。もう冒険者など辞《や》めて畑でも耕《たがや》したほうが良いぐらいだ。

装備《そうび》は以前のより落ちているし、何より資金がない。ベルファストらが馬鹿な行動をしたので稼がないといけなかった。

私は、張り出してある依頼を見る。幸いモンスターが大量発生しているので、獲物《えもの》に困ることはない。

「とりあえずボアとかシークを数頭仕留《しと》める依頼を受けましょう」

「そうだね」

私とメルは、自分たちの実力や状態を考え、無難《ぶなん》な依頼を受けようとしたのだが——

「やはり勇者というからには、華々《はなばな》しい功績こそがふさわしいな」

ベルファストが手を出そうとしたのは、森の奥地にいるベア数頭の討伐依頼だった。私は慌《あわ》てて声を上げる。

「ベルファスト！　やめなさい！　そんな無理な依頼を受けて死にたいの？」

「何を言っているのだ。勇者は称《たた》えられる存在なのだぞ。なら、それに値《あたい》する依頼こそが当たり前であろう」

――この程度の依頼など朝飯前だ。

ベルファストはそんな顔だが、ベア数頭とかどう考えても戦力が足《た》りない。回復薬だってほとんどないのだ。そのような状態で行くなど自殺行為だった。

依頼には指定された期日があり、それを超《こ》えると報酬から減額《げんがく》される。酷いときには罰金を支払わないといけないのだ。

明らかに無理な依頼なので、私とメルは必死で止める。

「勝てるのかどうかわからない相手に挑《いど》んでどうするのよ！　今は地道に結果を出すのが優先でしょ！」

「細々《こまごま》とした依頼など下《した》っ端《ぱ》に任せておけば良い。本当ならばもっと大物に挑むべきなのだ」

その発言に、他の冒険者が反応する。

たかだか8位程度のくせに大物ぶりやがってと。

周囲には私たちより順位が上の冒険者がいるので、怒りを覚えたようだ。

なお、冒険者パーティには厳正な順位制度が適用されており、下に落ちるのは早いが上に行くのが難しいピラミッド式になっている。

順位はリーダーの実力によって決まるものだが、多くのパーティがリーダーに足りない能力を優秀《ゆうしゅう》な人材で補《おぎな》っている。

一人ではできないことが二人ならでき、さらに活動の幅《はば》が広がるのだ。

それは単純な足し算ではなく、てこの原理と同じだ。どちらかが棒となり支えとなることで、何倍もの力を発揮《はっき》する。

だが、私たちのパーティは、自分さえ良ければいいという馬鹿の集まりだ。

当然、誰かのために棒になろうとも、支えになろうともしない。それどころか、互いに足を引っ張り合ってばかりいる。

私はメルに向かって言う。

「そういえば、ユウキは飄々《ひょうひょう》としていて人間くさかったけど、問題が起こりそうになると率先《そっせん》して動いていたわね」

「うん。険悪な雰囲気《ふんいき》が漂《ただよ》うと、いつも割り込んできた。当時はそのことに気がつかなかったけど……」

何か言い争《あらそ》いになりかけると、いつもユウキがやって来た。

そのせいで「空気が読めない」と全員から罵詈雑言《ばりぞうごん》を浴《あ》びせられたが——実際は空気を読んでいたからこそ割って入ってきていたのだ。

その後、私たちは無駄な言い争いをし、結局、ベアではなく、私たちが主張したボアなどの討伐に決めるのだった。

× × ×

上手《うま》くいくかに思われたが――

草原に来ても、さっきと同じ言い争いを続けていた。

「フン。たかがボア程度など、大したことなどないではないか。もっと大物こそが我らにはふさわしい」

「今の順位と実力では、危険な橋は渡れないのよ！　第一、たった五人でどうしろっていうの」

あくまで、ベアを討伐すると言い張るベルファスト。

堅実《けんじつ》にいこうとする私。

以前から、私たちはベアのような大物も討伐をしていたが、そのたびにユウキが依頼を吟味《ぎんみ》し、単体の討伐対象を選んでいた。

全力で押せばベアだって倒せるが、一体が限度なのだ。

不意打ちなどされてはどうしようもないし、斥候《せっこう》をしてくれるユウキがいないので、危険の芽《め》を摘《つ》むこともできない。

喧嘩《けんか》は平行線で、何も解決することのないまま草原を歩く。

ウルフ数頭を見つけた。

すぐさまそれらを倒したが、馬鹿な三人は倒しても気が済まず、無駄にオーバーキルをする。そんなことをすれば、換金額《かんきんがく》が下がるだけだというのに。

これまでよく見ていた光景だが、今となっては呆《あき》れるほかなかった。

私は頭を抱えながらメルに言う。

「こんなのと今まで組んでいたとは……私たちがいかに馬鹿だったのか思い知らされるわ」

「もう何でもいいから抜け出したい。でも、ギルドとの約束のときが来るまでは我慢《がまん》するしかない……」

ギルドとの契約がなければ即刻抜けていたと思う。

馬鹿三人はウルフの死体に攻撃し終えると武器を収め、そのまま死体を放置して先に進んでしまった。

「ああ、倒した状態のままなら……」

こいつらが余計なことをしなければ、わずかでも金になるはずだった。

私は、無残《むざん》な姿となった死体を魔法のバッグに入れる。ぐちゃぐちゃになっているとはいえ、何らかの価値はあると思ったのだ。

「獲物がいないな」

ベルファストがそう言って周囲を見渡す。

確かにモンスターは見当たらなかった。

「我らの実力に恐れを抱《いだ》いておるのだろう。勇者だからな」

嬉《うれ》しそうに豪語《ごうご》するベルファスト。

だが、こいつは今の状態がいかに危険かわかっていない。冒険者はモンスターを狩って生活費を稼ぐ。

獲物を狩れないと、収入がなくなるのだ。

本来であれば、斥候が獲物を発見する役割を担うのだが、ユウキがいない今、それができる者はいなかった。

斥候職を補充したくても、このパーティの評判ではそれができない。

そもそもベルファストは、「たかが斥候ごときが金を要求するなど、身の程知らずだ」と考えている。

ユウキのときですらそうで、さすがに生活費は渡していたが、能力に見合う金額ではなかった。

結局、探しても探してもモンスターはさほど見つからず、疲労だけが溜《た》まっていった。

その後、食事となった。

「なんだ、このボソボソして硬《かた》いパンは！　それにジャムやバターなどもない。肉もないしサラダもない。こんな貧相《ひんそう》な食事ではやる気が削《そ》がれる。もっとそれらしい食事を用意しろ!!」

ベルファストは大いに文句を言う。

それを買うお金をなくした理由が、自分にあるのを気づいていないらしい。

お前が博打に金を使わなかったら、もう少しまともになっていたけど、すべてなくして借金をこさえてきたのだから、これでも十分だ。

ベルファストがさらに愚痴《ぐち》る。

「白いパンは？　シチューは？　柔らかい干《ほ》し肉は？　果実水は？」

そんな贅沢《ぜいたく》な物を作る技術も、知識も、お金もない。

「あるわけがないでしょう。この食事だってギリギリ用意できたのよ」

節約をしてお金を貯《た》めないと、路頭《ろとう》に迷うかもしれないのだ。

いや、もう半分くらいそうなっている。装備とかも無駄に金がかかっているので、窃盗《せっとう》されないように気を配《くば》らないといけない。

「クソッ！　何で我らがこんな目に……」

その原因は明確なのだけど……

ベルファストに続いて、ベルライトとカノンが声を荒らげる。

「すべてユウキが仕組んでいるのだ。そうだ、そうに決まっている！」

「そうね！　あいつがパーティを追放されたことを恨《うら》んで、周囲に悪い評判を吹き込んでいるのよ！」

ユウキが恨みを持っていないか――難しいところだ。あれだけのことをしてきたのだ、憎《にく》まれていても不思議ではない。

それはともかく、ギルド支部長の態度を見る限り、ユウキに相当に期待しているのは確かだ。順位を上げるだけでなく、爵位まで与えたいと言っていた。

私とメルは無言で食事をした。

一方、他の三人はせっかくの食事を地面に投げ捨て、足で踏《ふ》みつけていた。ああ、もったいない。

ベルファストが告げる。

「さぁ、休息は終わりだ。さっさと狩りに行くぞ！」

こっちはまだ食事中なのに……

硬いパンを水でふやかし無理やり喉《のど》に通してから、渋々《しぶしぶ》ついて行くことにした。

はぁ、ユウキの用意した温かい食事が恋しい。

そうしてさらに進むが、索敵《さくてき》能力ゼロの私たちでは獲物を見つけることができなかった。

ボアを二頭狩るのが精一杯《せいいっぱい》だ。

オーバーキルをしようとするのを何とか止めて、魔法のバッグに入れる。

「クソ！　クソクソ！　何でだ、何でこれだけのモンスターしかおらんのだ‼」

ベルファストは苛立《いらだ》って声を上げた。

今回の討伐の目的の一つは、倒したモンスターを売って稼ぐこと。そして、もう一つが自尊心《じそんしん》を満たすこと。

ベルファストはとにかくイライラしていた。

この辺りではモンスターが大量発生していると、ギルド掲示板で見かけた。だが、全然見つからない。

このままでは金が手に入らない。

ベルライトもカノンも金が欲しいので必死に探す。だが、所詮《しょせん》は素人《しろうと》。索敵能力など皆《かい》無《む》である。遠目《とおめ》が利《き》くわけでもないので徒労《とろう》を重ねていた。

私たちは何時間も広い範囲を歩き続けた。

日が落ちて、再び食事の時間がやって来る。

「腹が減《へ》った！　食事を出せ！」

出てきたのは、さっきと同じ硬いボソボソのパンと水だけ。

「こんな不味《まず》い食事では、やる気が出るわけがないだろう」

温かく柔らかい料理を作れと命令してくるが、そんな知識も技術も道具もないので、全員が首を横に振る。

「ええい！　どうにかならんのか？」

泣きそうなベルファストに、私が返答する。

「だから、私たちがギルドで勉強を……」

「あんな業突《ごうつ》く張《ば》りの愚《おろ》か者たちに金など出す必要はない！」

そう言うが、このままでは稼ぐどころか、満足に食事すらできない。

私はメルに向かって言う。

「いい加減、現実が見えないのかしら？」

「もう嫌だ」

ベルファスト、ベルライト、カノンの三人は食事を憎々《にくにく》しげに眺《なが》めている。現時点では、この食事が精一杯なのだが、その現実を認めたくないようだ。

急に、ベルファストが言い出す。

「そうだ、焼肉だ！　肉を焼けばいいだけの料理。それならば我らでもできる！」

確かに、肉を鉄板で焼いて塩を振れば良いだけだが、鉄板も塩もない。

「何で用意してないのだ？」

そうした道具は邪魔《じゃま》だと言って捨てたのだ。

道具を購入して管理していたのは、全部ユウキだった。彼に持ち運びと手入れを押しつけ、私たちは料理を当たり前のように食べていた。

大体、獲物を狩っても解体ができない私たちでは、満足の行く食事になるのかは疑問だった。

ただ、もういちいち反論する気力は出てこない。

結局、私とメルが町まで戻り、鉄板を買ってくることになった。

所持金《しょじきん》はほぼゼロ、もう破産《はさん》寸前であった。


「「「さて、食うぞ！」」」

鉄板はあるが、肝心《かんじん》の火がない。

誰も薪《まき》を持っていないのだ。

私とメルは心底呆れた。

普通、夜間用に火種となる物を持っているのが常識だ。火を絶《た》やすと視界が確保できないので、パーティの誰かしらが薪を確保していて当然なのだが——

「「「クソが！」」」

肉を食えると喜んでいた三人が、一転して怒っている。

行き先のない怒りが、またしてもユウキに向く。「あいつが身勝手に逃げ出さなければ！」と。

肉を食べるのは諦《あきら》めることになった。

一刻も早くモンスターの死体を売って、金にすることにした。ギルドに持っていけば良いはずだが、解体などの手数料が取られる。

とりあえず金にはなるということなので、貴族に買ってもらうしかない。

こうして私たちは貴族のもとへ向かった。

「これはこれは、ベルファスト様。本日も稼いできたのでございますね」

貴族の家の執事《しつじ》が、嫌らしい笑顔で迎《むか》える。

すぐさま交渉に入る。

「モンスターの状態の確認は？」

私がそう言って、冒険者ギルドでは当たり前の確認を求めるが――

「いえいえ、勇者様にそんな無粋《ぶすい》なことはできませんよ」

ベルファストらは安心している。

私は悪寒《おかん》を覚え、メルに尋ねる。

「モンスターの状態を確認もせずに金を出す？　どういうこと？」

嫌な予感を覚える。

そう考えていると、執事が一枚の紙を渡してくる。

「この紙に、勇者様らの名前を全員分書いていただければ、換金します」

その紙は――まったくの白紙だった！

喜んでサインしようとするベルファストらに向かって、私は声を上げる。

「待ちなさい。換金内容が定かではないのに、白紙にサインをさせるなんて、どんな冗談《じょうだん》なのかしら。何も書かれておらず、その説明すらしない……どう考えてもおかしいわ」

今までも似たようなことはあった。

ユウキは、こうした契約の際はその内容をよく見て、条件が悪ければサインを拒んでいた。そのため、金を借りられなかったことも多い。

ベルファストが不思議そうな顔で聞いてくる。

「どうしてだ？　名前を書くだけで良いのだぞ」

「この馬鹿！　契約内容を書かず白紙ってことは、あとで内容を書き換《か》えられるのよ。互いが了承《りょうしょう》してサインをした瞬間に有効になるのに、白紙だったらどんなに不適切な内容でも良いことになる。そんなこともわからないの！」

つい声を荒らげてしまったが、白紙にサインするとはそういうことだ。

ユウキが一番嫌がり、サインをしなかった状況である。

それに、冒険者ギルドからの借金ならばともかく、腹に一物《いちもつ》持つ貴族から借りる金が、まともな返済方法で済むわけがない。

ベルファストらは「早くサインをしろ」とこちらに言ってくるが、私とメルは「嫌だ」と首を横に振り続けた。

執事が尋ねてくる。

「どうされましたかな？」

「私たちはサインをしないわ」

換金するのはその三人だけだと、私は明言した。

「……」

結局、三人からのサインだけで換金した。

執事が使用人に持ってこさせた袋には、ぎっしりとお金が入っていた。これで、当分の生活費には困らないだろうが……

あとになって、どんな条件に変わるのかはわからない。

×　×　×

「金は分配しねえぞ！」

貴族の家を出てから、ベルファストは私とメルを怒鳴《どな》りつけた。私たちがサインしていれば、もっと金が手に入ったと考えているのだろう。

手に入れた金なんてもはやどうでもいい。とにかくこの状況から逃げ出したい。

私はメルの手を引いて、ベルファストから距離《きょり》を取った。

「あん？　お前ら、どこに行くんだ？」

「狩りに行くのよ。お金ないし」

「うん」

ベルファストは訝《いぶか》しげに私を見ると、吐《は》き捨てる。

「けっ、せいぜいもがいていろ」

そうして三人はどこかへ行ってしまった。

もはや私たち勇者パーティには、明確な亀裂《きれつ》ができ始めている。ユウキが消していた火種が、燃え盛《さか》り出したのだ。

「ファラ、あいつら」

「行きましょう」

あいつらと付き合ってたら地獄が待っている。ここから早く抜け出すためには、何とかもがくしかないのだ。二人だけではウルフにすら苦戦するだろうが、それでもやらないよりはマシだ。

私とメルはさっそく冒険者ギルドに向かった。

「いらっしゃいませ」

「仲間に入ってくれる人を探しています」

とにかく素人でも駆け出しでもいいから、戦力が欲しかった。

あの馬鹿たちではどうしようもないが、私たち二人だけならば、何とか斡旋《あっせん》してもらえるかもしれない。

「募集《ぼしゅう》は、斥候と解体師を一人ずつ」

「現在は当ギルド総出《そうで》で、モンスターの大規模《きぼ》討伐中ですが……」

人手が足りない状況なので、分配率はどうするのかと聞いてくる。

「斥候に一割五分、解体師に二割でお願いします」

普通ならばこれで収まるのだが、ギルド職員は難しい顔をしていた。ならば、さらに報酬を引き上げるしかない。

「斥候に二割、解体師に二割五分の報酬で」

すると、ギルド職員は「少々お待ちください」と言って、奥に引っ込んでいった。

普通より高めだが、今はやむをえない。

しばらく待っていると、二人の冒険者が連れてこられた。

私は、二人に向かって言う。

「私はファラ、こっちはメルよ」

挨拶《あいさつ》を交わして握手《あくしゅ》する。

「俺ら二人はコンビだが、戦闘能力はさして期待できないぞ」

普段は他のパーティを渡り歩いていて、その分け前で生計を立てているというタイプの冒険者らしい。順位も9位と低い。

「戦闘についてはこちらでできるから」

これでとりあえず格好は整《ととの》えられたので、モンスターを狩りに行く。


「ふぅ……」

斥候が見つけたウルフの群《む》れを、みんなで協力して倒した。

いつもと違うメンバーと組んだので不安だったが、二人には助けられてばかりだった。連携もできていたし、そこそこの戦闘経験がある。力任せの私たちとは違い、戦闘後のことを考えて立ち回っていた。

二人から苦情を言われる。

「あんたら二人、本当に8位か？　獲物の倒し方が全然なってねぇよ」

「そうだな。あまりにも力任せすぎる」

二人のおかげでウルフの群れを倒せたが、解体のことを考えれば、お世辞《せじ》にも上手い倒し方ではなかった。下の順位ですらもっと倒し方に気を配っているというのに。

倒したウルフを、解体師が毛皮や肉に分けていく。その間は無防備なので、周囲を警戒《けいかい》しなくてはならない。

「そういえば、私たちはこれすらもまともにしてなかったわね」

「そうだね。いつもユウキに押しつけて自分らは休んでいた」

パーティとして組んでいながら、面倒な仕事ばかりをユウキに押しつけ、パーティに貢献していなかったのは私たちのほうだった。

ユウキは警戒もなしに解体させられていたのだ。

ウルフの解体が終わり、それを魔法のバッグに入れる。取り分は約半分なので、間違わないようにした。

いつもは自分たちのバッグに全部入れるのだが、そんなことをしたらパーティは崩壊《ほうかい》してしまう。

幸い、斥候と解体師が優秀だったので、予想よりも多くのモンスターを狩ることができた。

しかし、モンスターの攻《せ》め方がなっていないと説教を多く受けた。

やっぱり勉強不足だと実感するしかなかった。

×　×　×

ファラとメルが、必死になって地獄から抜け出そうとしている最中——

ベルファストらは後先考えず浮かれていた。

「ハハハ！　飲めや歌えや、我ら勇者よ！　貧民愚民《ひんみんぐみん》など相手にせぬぞ」

酒場で、豪華な料理と酒などを注文し、飲み食いする。

原資は、先ほどサインをして得た金だ。

自力で稼いだわけではなく、他人からの借金による一時的な金なのに、それを次へ繋げようとは微塵《みじん》も思ってない。

勇者であるため、金などいくらでも手に入る。勇者の名声を使えば、地位・名誉・権力なども思いのまま。そういった愚かな夢に酔《よ》っているのだ。

すべては、ベルファストらの背後から援助している人々がいるため。

なぜ、彼らはベルファストらを援助しているのか。

——勇者として活躍し、世襲貴族を復興《ふっこう》させる。

それが、ベルファストらに課せられた使命だった。

今、世襲貴族の権力は地に落ちている。

冒険者ギルドが職業貴族を成立させたことで、世襲貴族の力は年月を重ねるごとに落ちていた。

世襲貴族は職業貴族に比べて、圧倒的に凡庸《ぼんよう》で無能だった。

彼らはその能力のなさのために、役職や爵位を追われていった。代わりに、能力が高い職業貴族が台頭《たいとう》していく。

今では、世襲貴族と職業貴族の立場は逆転している。

国の要職《ようしょく》は職業貴族から選ばれ、世襲貴族は政治の表舞台から追い出されているのだ。

そこで、世襲貴族が頼ったのが「勇者」の称号である。古《いにしえ》より伝わる勇者を抱え込むことで、世襲貴族の地位と権力の復権《ふっけん》を狙《ねら》ったのだ。

そう考えて育てられたのが、ベルファストたちだった。

だが、ベルファストらはあまりにも愚かだった。彼らは馬鹿な行為を繰《く》り返し、能力もないものだから、常に厄介者《やっかいもの》である。

そうして徐々に追い詰められていることにも気づかないまま、彼らは放蕩《ほうとう》し続けるのだった。

翌日。

「あー、頭が痛い……」

飲み食いしまくったせいで、目が虚《うつ》ろなベルファストたち。ベルファストは常備《じょうび》されている水をガブガブと飲む。

「ふぅ」

ベルファストに向かって、ベルライトとカノンが話しかける。

「ベルファスト、今日こそは大物を倒そう」

「そうね」

ファラとメルの姿が見当たらない。

見当たらないが、彼らは二人を放置することにした。

「よし、冒険日和《びより》だ。行くぞ」

そうして冒険者ギルドへ。

支部の建物まで行き、掲示板の依頼を確認する。

「あんまり依頼がないな」

「そうね」

どうやら先を越されたようだ。

そう思ったベルファストは、チッと舌打ちをする。彼はギルド職員に強引に話しかける。

順番待ちをしている冒険者がいるにもかかわらずだ。

「モンスターの大量発生している場所を教えろ」

「はい？」

冷静に対応するギルド職員。

「あなたたちは何ですか？　順番待ちで並んでいる冒険者がいるのです」

「こんなゴミどもよりも俺らのほうを優先しろ」

あくまで自分らのほうが上という態度に、ギルド内が騒然《そうぜん》となる。

×　×　×

「で、何なのですか」

ギルド職員である私は、目の前にいる失礼な冒険者に尋ねました。

「モンスターがいる場所の情報が欲しい」

はぁ？　そんな程度のことで、わざわざ割り込んできたのですか？

多数のモンスターが発生していて、その対応に忙しいというのに……モンスターを探すことくらい、あなたたちのほうでやるべきでしょうが。

そんな最低限の能力すらないとは。

見れば三人だけしかいない。どうも戦闘能力ばかり求めて、斥候などの人材を入れていないみたいですね。

「あと、人材も斡旋しろ」

「はい？」

あまりに馬鹿なことを言うので、目を丸くしてしまいました。

現在は大量討伐のため、各方面から冒険者が集まっている状況。その気になれば、フリーの仲間を探すことなど難しくないと思うのですが。

しかも募集ではなく斡旋しろとか、どんだけ上から目線なのですか！

「……こいつら噂《うわさ》の勇者だとか名乗るパーティですよ」

同僚が聞こえないように小声で教えてくれました。

なるほど、こいつらが噂の……話には聞いていましたが、ここまで酷いとは。

あなたたちの順位は8位だぞ、8位。

そんな順位のくせに「人材を斡旋しろ」とかほざくとは、その口、針と糸で縫《ぬ》いたくなりましたよ。

まぁ、あなたたちの悪行は聞いています。

だけどギルドの方針で、彼らを裏で支援している者たちの情報を掴むまでは、その順位に見合う対応をしろと命令されているのです。

こんなのが冒険者だと呼ばれると身内の恥《はじ》になりますが、相手をするしかありません。

私は、笑《え》みを浮かべて言う。

「現在手が空《あ》いているのは10位が多く、良くても9位ですね」

「ふざけるな！　最低でも6位以上だ。人数も十人ほど必要である！」

そんな人材を紹介したら、あなたたちのほうが寄生《きせい》しているだけになりますよ。

常識を知らないどころか、頭の中身が腐ってるとしか思えないですね。さすがの私もちょ〜っと怒りがこみ上げてきました。

周囲の冒険者たちも嫌そうな顔をしています。

「では、どのくらいの分け前を提示されます？」

「分け前はすべて、勇者である自分らが決める」

なるほど。どれだけ働こうとも認めないのですね。

自分らさえ良ければ、他など顧《かえり》みないと。

働きに見合う分け前を提示するなら、口聞きしても良いかとも考えましたが、それは一瞬で霧散《むさん》しました。

この前来たファラとメルという勇者は、しっかりと分け前の約束をしてから、仲間を探してもらえるように頼んできたので仕事として受けましたけど、こいつらはそんな常識の欠片《かけら》もないですね！

「そのような条件では何もできません」

もう帰ってもらうことにしました。

こいつらに付き合っていたら、仕事がさらに遅れますし。

「なんだと！　やがて最高順位まで上がるこのベルファストの言うことが聞けないと⁉」

「……」

相手にもしたくない輩《やから》でした。

「この女が！」

「剣を抜きますか？　ギルド職員である私に剣を向けるということが、どういう意味かわかってるならどうぞ」

ギルドは世界最大規模の組織。その正式な職員に剣など抜いたら、それだけでもう大変なことになります。最悪、犯罪者として永遠に追われ続けることすらあるでしょう。

「くそっ！」

男は武器に手をかけたまま引き下がり、苛立たしそうに仲間を引き連れて去っていきました。

「……あの様子では、また問題を起こしそうですねぇ」

私は誰にもわからぬように、ため息をつきました。

ああいう冒険者は、時々現れるんですよ。

これぱっかりは大きな組織の宿命といえることで、全員が健全《けんぜん》な精神を持ってるわけではありませんから。

潰しても潰しても出てくるし、無駄にしぶといので、始末するのも手間と時間がかかる。

機を見て、掃除してしまうに限るんですけどね。

彼らは周囲の冒険者に「臨時《りんじ》で入らないか？」と熱心に誘ってますが、入る人は皆無でしょうね。あんな性格ではどうしようもありません。

え？　冒険者ギルドはそれで良いのか？

嫌に決まってますが、彼らの背後の存在を追っているんです。

奴らのやり方は様々で証拠を見せようとしないのですが、それらの一掃をしたいと秘密《ひみつ》裏《り》に計画が進んでいます。

彼らのような目に見える馬鹿は、ある意味貴重《きちょう》な人材なのです。何しろ問題を起こしているという自覚がありませんから。

これほど上手く動いてくれる駒はない。

そうして観察していると、あるパーティが彼らの仲間に入りました。

「……以前から警戒されていたグループですね」

すぐさま手筈《てはず》を整えます。

問題児が問題児と組む、というわかりやすい構図ですね。

密偵《みってい》に尾行させて、証拠集めです。

上手くいけば、息の根を止められます。害虫は迅速《じんそく》に潰さないと増えますし、腐った果実を取り除《のぞ》かないと、すべて腐るのですから。

面倒な仕事ですけど、誰かがしないと無能な連中が増えますからね。

ギルド職員である私には、大勢の人たちの生活を守るという大義があります。そんなわけで、私は馬鹿な連中の行動を調《しら》べることにしました。

×　×　×

「で、ユウキから手に入れた、あの毒薬の中身はわかりましたか？」

ギルドで支部長を務《つと》めている私、エーリッヒが担当者に尋ねた。

その毒薬は、毒としての効果がしっかりとありながらも、使った獲物を食しても問題ないという不思議な物だった。

担当者が答える。

「は、あれをお抱えの薬剤師などに見せましたが、狩りの毒に使うバサド草ではなく、より効果の弱いバーミッド草から抽出《ちゅうしゅつ》した毒が主原料、それに他の毒を混ぜている――というところまではわかりました。しかし配合率が難しいうえに、微弱《びじゃく》な複数の毒を混ぜ合わせているため、解明は難航《なんこう》しております」

ギルドお抱えの優秀な薬剤師が手を焼くほどの代物であるのか。

狩りにおいて毒を使うことは、決して悪い判断ではない。

しかし毒を使うと、肉質が悪くなり価値が下がるのだ。場合によっては、肉がすべて無駄になる可能性もある。

だが、ユウキの毒薬はその問題を解決していた。必要な効果を出しながら、あとにはまったく残らないのだ。

ギルドはこの毒を量産したいと考えている。

私は尋ねる。

「単刀直入《たんとうちょくにゅう》に聞きますが……これを製造できるのか？　できないのか？」

「……残念ですが」

現物がありながら、同じ物を作るのは不可能とのことだった。

私はため息をつく。

「……やはり難しいですか」

とはいえ、その答えは予想していた。

どう見ても従来《じゅうらい》の知識や技術を大きく超えた代物であったため、すぐさま同じ物ができるとは思えなかったのだ。

やむをえない結果なので受け入れるしかない。

私は真剣な表情で尋ねる。

「では、今後どうするべきなのか」

「本人から直接学べれば、最上かと存じます」

「……そうなりますか」

「はい」

「そうなると、人材の選別をしないといけませんね」

冒険者ギルドでは、特定の技術を伝えるため、師弟《してい》制度を採《と》っている。先人が残した技術を守り、後継者《こうけいしゃ》に伝えることに、多大な予算を割いているのだ。

そうして技術を独占することで、莫大《ばくだい》な利益を上げている。ユウキの毒薬の製造方法を確立することは、ギルドの未来のためにも必要不可欠《ふかけつ》と言えた。

担当者が、私の言葉に答える。

「解体、料理、薬剤など各部門から、若く見込みのある者を選抜《せんばつ》して、ユウキのそばで学ばせます」

「どれほどの人数を？」

ユウキの多才な能力に鑑《かんが》みれば、最低でも十人以上は付ける必要があるかもしれない。

いや、ギルドの将来を考えれば、もっと多くの人数のほうが良いだろう。

私は、顎《あご》に手を当てて思案《しあん》する。

まずは第一陣として何名か届けよう。彼に付き、いずれ指揮統率《しきとうそつ》できるような優秀な人材が望ましい。

そうして私は、ユウキの部下となる人材の選抜作業を推《お》し進めるのだった。

×　×　×

冒険者ギルドの大工房にて、ギルドの技術者をまとめ上げている技術男爵《だんしゃく》である私、ユンファは職人たちに向かって言う。

「よし！　これで、吊り上げ式解体台のために必要な物はすべて揃《そろ》いましたね！」

「「「はい！」」」

私は、ユウキの設計図通りに必要な材料を揃えた。

より大きな吊り上げ式解体台にするというアイデアもあったが、ベアサイズまで十分対応可能だと判断したから、原寸で量産することにしたのだ。

まぁ、あれこれ弄《いじ》るのは、あとからでもできるし。まずは図面通りで、どれだけの性能を発揮するのか確認したい。

今、私たちの前には、L字型の木材で中心が空洞《くうどう》になった物、土台となる錘《おもり》、要《かなめ》となる鋼鉄の棒、滑車《かっしゃ》、接着剤などが並んでいる。

見本となるパーツを何度となく仮組みしたし、準備も抜かりはない。

さっそく組み立てに取りかかる。

木材の間に、芯棒となる鋼鉄の長い棒を入れて、そこに接着剤を流し込む。木材を噛《か》み合わせて結合させ、下に土台を大きな釘《くぎ》と接着剤で固定する。

上の部分の角に滑車を付ける。パズルのように木材を噛み合わせて固定し、その先に組み合わせたときに分解しないように突起《とっき》を付けた。

そうして半日かけて、十個の吊り上げ式解体台を作り上げていった。


「「「完成です！」」」

多数の職人から喜びの声が上がった。

パーツも素材も特に珍《めずら》しい物はなかったが、独特《どくとく》の技術や発想が多数あって苦労した。

接着剤が乾《かわ》くのを待ち、吊り上げてみる。

シーク、ボア、ベアなどの標準的《ひょうじゅんてき》な重さの錘を用意して、その重量を本当に長時間吊り上げられるのか、どのくらいの回数を耐えられるのかという実験である。

ユウキは吊り上げるときの錘に鉛《なまり》を使用していたが、より小さく重い金属に変更した。

片側に想定された物体を吊るし、もう片側に錘を重ねていく。

徐々に錘を足していくと、物体が吊り上がっていく。

「まったくビクともしませんね」

想定重量は二百キロ以下、四百キロ、六百キロ、八百キロとなっている。最大重量の八百キロでも、解体台は軋《きし》む音すら上げない。

大体解体にかかる時間を想定して放置したが、問題はなかった。

次に、使用回数のテストだ。

長期間使用する冒険者にとっては、耐用年数は長ければ長いほど良いし、手入れも簡単なほうが売れる。

木材やパーツなどには、より耐久性《たいきゅうせい》が高く腐食《ふしょく》しにくい素材を使って加工を施《ほどこ》してあるので、ユウキの持っていた物と比べればかなり長く使えるはずだ。

何度となく吊り上げ下ろすという行為を繰り返したが、まったく問題なかった。厳密《げんみつ》ではないが、五十年くらいは持つだろうという予想が出た。

「これなら問題はないでしょう」

あとは、現場で使い方をテストするだけだ。

ユウキが見せてくれた吊り上げての解体方法は、土台に置く解体方法とは大きく違う。

内臓や汚物の取り除き方、毛皮の剥ぎ方、肉の削ぎ方も従来とは変わっているが——特に大きく違うのは、それに要する時間だ。

従来の方法より、最低でも半分は短縮《たんしゅく》できる。

病気の感染源《かんせんげん》となる内臓などの処理が大幅に楽になっているのだ。

そうして最後、完成品にギルドの認識票を焼きゴテで押す。これを押した品は、分解したりコピーしたりすることができない。

ここから先は現場で使ってもらい、使い勝手を確認してもらう必要がある。

まずは一番近くのギルド支部に配備して、試《ため》してもらおう。願わくば、これが後世《こうせい》まで残りますように。

その後、完成した吊り上げ式解体台は、最優先である解体作業で忙しいギルド支部に送られた。

目覚《めざ》ましい活躍の報告が上がるまでには、それほど時間はかからなかった。

ギルドの工房に、すぐさま大規模受注が入る。

こうして吊り上げ式解体台は、冒険者ギルドを支える大きな財源となるのだった。

×　×　×

あれから私、ファラは、新しいパーティでモンスターを倒していた。

さすがに四人だけだとキツイので、大きな獲物は狩れなかった。だが、だいぶ数を稼ぐことができたと思う。

冒険者ギルドまで持っていき、換金する。

「「う～ん」」

換金額を手に取って唸《うな》ってしまう私とメル。

やはりウルフ程度では、値段もたかが知れていた。でも、自分らだけでも仕事ができたという達成感は大きい。

斥候と解体を務めてくれた仲間に、先に提示した分け前を出さないといけない。金額を計算して、二人に渡す。

「間違いはないようだな」

他の勇者らがいれば、「ゴミクズはそれらしくしてろ」と支払いを拒否するだろう。

あんな馬鹿に付き合い続けたせいで、今の結果になってしまったのだ。その失敗を繰り返してはいけない。

勇者パーティから解放されるまでの道のりは長いが、へこたれるわけにはいかないのだ。

解体師の男が聞いてくる。

「次回はどうする？」

次も組むのか？　ということだ。

当然、私は返答する。

「よろしくお願いします」

あの馬鹿勇者らのせいで、仲間探しにも苦労を強いられている。せっかくの優秀な人材を、失うわけにはいかない。

とにかく、少しでも自由になる金は手に入った。

食事をして一息入れることにした。


「ファラ、この質素な食事はいつまで続くの？」

「当分は続くわ。あと、嫌でも全部食べること」

硬い麦のパンに、塩漬けの肉に、水。そんな冒険者にとっておなじみの食事を注文する。

ユウキがいた頃は稼いでいたので、もっと豪勢《ごうせい》な食事を注文できた。しかし、現在そんな余裕はどこにもない。

女性にしてはよく食べる二人なので、とにかく量が必要なのだ。それがさらに出費に拍《はく》車《しゃ》をかける。

そうしてあまり美味《おい》しくもない料理を、腹にひたすら詰め込んだのだった。

宿屋に戻ると、あいつらは帰ってきていなかった。

柔らかいベッドは気持ち良いのだが、その分を削《けず》ればもう少し金が自由になる。そんな現実的な考えばかりが浮かんできてしまう。

「ファラ」

「何よ」

メルが寂《さび》しそうにして話しかけてくる。

「ユウキはどうしてるのかな？」

「元気なんじゃないの」

「稼いでいるのかな？」

「そうじゃないの」

ユウキは良い仲間らに囲まれて、調子は良さそうだしね。

「ねぇ」

「何よ」

メルは何か悩んでいるようだった。

「私たちは助かるのかな？」

「……」

冒険者ギルドとの約束では、私たちの身の安全は保障するということになっていた。

だが、それがどこまでの範囲なのかは明言されていない。順位は最低まで下がり、再出発するということだけしかわからない。

あいつらとパーティを今後も組み続けるということになれば、不可抗力《ふかこうりょく》で何かが起こるかもしれない。そのときに手助けが来るとは限らないのだ。

「何で私たちは間違っちゃったのかな」

「そうね」

思い返せば、その原因はすべて私たちにあった。

ユウキが火消しをしていたので表面化してなかったが、恨みを持っている人間は多いだろう。今になると、自分らの無能さとユウキの有能さが際立《きわだ》つ結果となってしまった。

過去を思い出す。

最初の頃は、皆、健全であった。

それが、どこから変化していったのであろうか?

皆、勇者として懸命《けんめい》に修業《しゅぎょう》に励《はげ》み、順位を少しでも上げるために努力していた。夢を見たり無謀《むぼう》なことをしたりすることもあったが、若さゆえだろう。

ユウキに対してだって、最初のうちは普通だった。誰も彼を侮辱《ぶじょく》したり苛酷に働かせたりはしなかった。

「俺たちは勇者だ！　世界で最も優《すぐ》れた冒険者で、やがて歴史にその名を残すんだ！」

いつからか、そんなことを言い始めた。

そうして、自分らを自分らで賛美《さんび》する言葉を連呼《れんこ》していく。

最初のうちは戯言《ざれごと》かと思っていたけど、あの頃からパーティがおかしくなり出した。分不相応《ぶんふそうおう》な依頼を受けて敗走しても何もなかったことにして、ユウキの言うことも聞かなくなり始めた。

毎日のように言われ続けていると、人はそれが当然だと感じてしまう。

後先考えないおかしな行為が混じり始めてから、正気《しょうき》を失っていった。

そして、あの日干しの刑をされるに至《いた》るのだ。

「「「「ヒッ！」」」」

装備などをすべて剥がされ全裸《ぜんら》にされ、ロープで吊るし上げられる。足元には大量の薪と石が置かれ、体に甘い液体を塗《ぬ》りたくられている。

「この最低最悪のクズが！　勇者である俺らに――」

ベルファストが声を上げるが、刑を執行《しっこう》しようとする冒険者たちは顔色を変えない。まるで人形のようだった。

「……お前らが何をしたのかを思い出せ」

「ハァ？　たかが無能を切り捨てただけだろう！　そんなのを救うために貴重なポーションを使いやがって!?」

すぐさま蹴《け》りをもらうベルファスト。

「ガフッ！」

「もう一度聞く。これまで何をしてきた？」

「ゆ、勇者として……」

それでさらに蹴りをもらう。

「聞きたいのは、これまで何をしてきたかだ」

冒険者たちはもはや呆れ顔だった。

「これから先第1位の冒険者になる僕らをこんな目に遭《あ》わせて！」

「ただじゃ済まないわよ！」

ベルライトとカノンが吠《ほ》えた。だが、全裸なうえに縛《しば》られている状況では、どうしようもなかった。

「私たち、どうなるの？」

メルに問われ、私は現在の状況がいかに危険であるのか考える。

これから、もっと酷いことをされるのは間違いない。縄《なわ》を解《ほど》こうにも、頑丈《がんじょう》かつ抜けにくいようにされているので、抜け出すことはできない。

私とメルは放置されているが、三人は意味不明なことを言ってはそのたびに殴《なぐ》られていた。

三人が何もできなくなると、冒険者は私とメルに向かってくるだろう。

「「……」」

下手《へた》な行動をすれば、どうなるのかわからない。

恐怖で震《ふる》え、失禁《しっきん》しそうだった。

無言でこちらを見つめる冒険者たち。

「じゃあな」

冒険者の一人はそう言うと、私たちの足元に火を入れた。

――その後、奇跡的に抜け出すことができたが、それ以降も最悪だった。

飲み水に泥《どろ》が混じっているのに気づかず飲み、体調を崩《くず》し、知識がなく毒物すら鑑定《かんてい》できずに食べてさらに死へ近づく。

生きて帰れたことが奇跡だった。

助けてくれたのは、怪《あや》しい自称《じしょう》貴族。彼は、甘い言葉で恩義《おんぎ》を感じさせたが、私は信じていない。

勇者だけのギルドを作れとか、今の時代の真逆《まぎゃく》をいっているからだ。

他の三人は酒池肉林《しゅちにくりん》の接待を受けてその気だが、私はそんな周囲から叩かれるような組織などに入る気はない。

「ファラ?」

「え、うん。ちょっと考えてたの」

「あの地獄のこと?」

「ええ……」

あれを思い出そうとすると、震えて何もできなくなる。

「メル。明日からも狩りを続けるわよ」

「わかった」

メルは賛同してくれた。

今は一刻も早く、あいつらと手を切れるように行動しないとね。

そう考えて、明日の準備をすることにした。

食料を始め、ユウキが持っていた道具と同じ物を揃えないといけないし、出費も多い。

解体や料理などの技術も学びたい。あいつらが金を出してくれないので全部自腹《じばら》だが、持っていて損《そん》はないし、学べばずっと役に立ってくれる。

明確な投資だと考えて、ベッドを飛び出して、二人で町の中を見て回ることにした。

×　×　×

僕、ユウキが冒険者ギルド支部から、モンスターの解体作業を引き受けてから数日経《た》つ。

相当な数を解体し、その報酬を受け取る日になった。

「これが報酬です」

「「「おおっ！」」」

他のメンバーから驚きの声が上がる。

銀のプレートが三十枚以上あった。これだけ稼げば、当分困らないだろう。

「次回もよろしくお願いしますね」

そうしてギルド支部をあとにする。

「さて、どうしようか」

「ご飯にしましょう！　ご飯に決まってます！」

リフィーアは興奮《こうふん》して変な声になっているね。エリーゼらも同じ考えのようだ。嬉しそうに頷《うなず》いている。

けれど、僕はあえてその案を却下《きゃっか》する。

「それじゃあ、有用な装備や道具などを買ってからね」

「「「え～っ」」」

大変にご不満な声。

だけど、この前の狩りで道具をかなり消耗《しょうもう》したので、補充しておかないといけないのだ。

それを先に行なってからでないと、食事は駄目だと言い聞かせる。

そうして、装備屋や道具屋などを歩き回る。

「これとこれを買う」

「へい、毎度」

欲しかったのは、解体用の刃物などだった。

エリーゼたちに道具を貸しているのだが、いかんせんそのままでは進歩がない。規格化《きかくか》されているので、お値段も手頃だし。

「申し訳ありません」

エリーゼは今まで解体用の道具を僕から借りていたため、その必要性を改めて判断して、それに考えが及《およ》ばなかったことを恥《は》じていた。

これから先のことを考えれば、欲しい物はいくらでもある。ただ、持てる容量には限界があるので、一気には増やさない。今必要な物だけを買う。

ゴブリン退治用の道具も品不足だし、毒薬も作成しなくてはならない。それらの出費はどうしても計算しておく必要があった。

必要な材料をすべて買うと、銀のプレートが二枚なくなったが、これぐらいは許容《きょよう》範囲だ。道具を作成すればすぐに元は取れる。

「じゃ、これで食事なり遊ぶなりしてきて」

リフィーアたちにお金を渡してそう告げる。

「やった！　お休みです」

女の人の買い物は長いからそれに付き合うのは難しいし、道具の作成は危険すぎるので自分一人でやる必要がある。

僕はいったん、みんなと別れることにした。

×　×　×

「さて、どうしましょうか？」

私、リフィーアは、ユウキにもらったお金の使い道を考えていました。

いつもユウキに頼っていて、おんぶに抱《だ》っこです。なので、ユウキの力になれるよう、知識や技術を身に付けたいと思いました。

解体や料理は到底《とうてい》及ばないので、別の方面が良いでしょうか。

それも大事だけど女性としては――

「とりあえず服とかですね」

装備などは良いのだけど、外出用の服が欲しかったのです。下着も古いですし。もらったお金を使えば、そこそこの服が数着買えます。

というわけで、服屋に行くことにしました。


「いらっしゃいませ」

女性服専門店の店員さんが愛想《あいそ》よく迎えてくれます。

「う～ん」

品揃《しなぞろ》えが良くて迷いますね。

所持金は無限ではないし、人数分も考えると、一人につき三着分が限界でしょう。申し訳ないけど、使い回して着るようにすれば良いでしょうか。

あ、破《やぶ》れたりしたら縫い直しをしないといけないので、針や糸等も買っておきましょう。

そうして服や下着などを買い終わると、全員一致で一番の楽しみである食事の時間です。


「「「さぁ、ガツガツ食べますよ！」」」

ユウキが作る料理は、他とはまったく違う珍しい物ばかりで、すごく美味しいのです。

それもいいですけど、今回は量を食べたいですね。

メインはお肉で決定。

ドスン。

大きなお皿に、巨大なお肉が一塊《ひとかたまり》で載《の》っています。

これこれ！　やはりお肉はこうでないと。お金については、心配ありませんからね。

「「「いただきま〜す」」」

ザクザク、ガツガツ。

ナイフとフォークで肉を切って、口に運ぶ作業をひたすら繰り返します。

一枚目は塩コショウ。

二枚目はソースをかけました。

三枚目はその半々で平《たい》らげます。

「「「ご馳走様《ちそうさま》でした」」」

いやぁ、食べごたえがありましたねぇ。

ユウキが作る食事は悪くないんです。でも、いかんせん量が足りないんですよ。それに外に出ても、ユウキがいつも作ってくれるわけじゃないですし。

料理を覚えたいんですけど、今さら頑張ったところで、勝ち目はありませんしね。

「次はどこに行きましょうか」

「う〜ん」

ユウキの所に行って手伝いをしようかなとも考えましたけど、残念ながら危険な道具を作る知識や技術は私たちにはありません。

下手にしようとすると、どうなるかもわかりませんし。

「今後を考えて、お勉強とか」

「それがいいね」

冒険者には、ある程度の知識が必要です。文字の読み書きだけではなく、数字の計算なども必須《ひっす》だったりするのです。

ちなみにうちのパーティは、お金の管理はユウキがすべてしています。

私は神殿で教育を受けていますけど、他の仲間全員は農民の出なので、そうした知識は皆無なんですよね。

今後いろいろありそうなので、勉強に時間とお金を出しても損にはなりません。

そうして冒険者ギルド支部に行くことにしました。

「いらっしゃいませ」

ギルド職員が迎えてくれます。

「本日はどのような用件でしょうか？」

「文字の読み書きと、数字の計算方法の受講を」

「はい、わかりました」

お金を渡します。

「では、向こうの部屋でお待ちください」

言われた通り、その部屋に行きます。私たち以外にも数人集まっていました。

しばらくすると、先生役の職員が現れます。

「それでは授業を始めます」

受講したのは、一般的な共用語の読み書きと数字の計算方法。

ユウキから、いくつか文字の要点や書き方、足し算引き算などの簡単な計算方法を教えられていたので、すんなりと頭に入ってきます。

「ここはこうなるのか」

「それならこの数字はこうなるね」

「そうだね」

「こっちの計算はこうですね」

私たちは、繰り上がる数字の計算の仕方をより簡単にする方法を、ユウキから教わっています。

例えば、８＋４の場合、繰り上がって12になります。

普通はそのまま計算しますけど、数字のことをまるで知らない初心者では、この繰り上がりを理解するだけでも大変です。

なので、数字を分解するのです。４を半分にして、２と２にして、８と足してちょうど

10にしてから、残りの2を足します。こんなふうに数字を細かく分解したりして、扱いやすい数字にするのです。

先生が紙を全員に配ります。計算ができるか、確認するためです。

他の人が苦戦しているのに対し、私たちはユウキから教わった数字を分解しての計算方法を使い、答えを書いていきます。

「ほう、君たちは満点だな」

先生から褒《ほ》められました。

「商人の子供かな？」

エリーゼたちが、農民の出でこれまではさして教育など受けていないと話すと、先生はとても驚いていました。計算方法などを教わったことを素直に話すと、とても良い仲間に恵まれていると喜んでくれました。

「次世代の芽は着実に成長しているのだな。これからも勉強を怠《おこた》らず仲間を大切にしなさい」

短時間で勉強は終わりました。

「次はどこに行きましょうか」

この町はそこそこの規模なので、見て回るだけでも楽しい場所が多くあります。私たちは町の中を散策《さんさく》することにしました。

×　×　×

「これが報酬です」

私、ファラは、倒したモンスターを冒険者ギルドに売って、お金に換えた。

今大討伐が行なわれているので、掲示板はその依頼でいっぱいで、そこかしこでパーティ募集の勧誘が起きている状態だ。

あれからメルとともに、ベルファストらから離《はな》れて依頼をこなしていた。

やはり人数が足りず、ウルフやシーク程度の弱いモンスターが精一杯。倒せる個体を探して歩き回る必要がある。群れでいることも多いので、一体を引き離したりなどもしなくてはならない。

そうした努力を繰り返し、何とかまとまった数を倒すことができた。

しかし、斥候に二割、解体師に二割五分も払わないといけない。

以前の私たちだったら――

「そんな高額を要求するなどなんという愚か者だ！　即刻出ていけ！　報酬などいらないだろうが！」

それで追い出して終わりだった。

今は、そんな馬鹿な行動はしない。

私は得た金を斥候と解体師に分配すると、二人に告げる。

「次回は二日後です」

「「わかった」」

二人と別れる。

私たちは宿屋に戻ってから、食事をしながら、手に入れたお金の計算をすることにした。

「少ない」

「そうね」

以前に比べれば明確に減った金額だ。

やはり二人では、こんなところだろう。

稼いでいた金は、あの刑で奪《うば》われたのだ。それ以来、その日の暮らしすらギリギリだった。はぁ、何とかしないと。

「寂しいね」

「我慢よ」

食事は水っぽいシチューとパンだった。美味しくないけど、我慢しなければいけないのだ。

そうして食事を終えてから、宿屋の部屋に戻って寝る。

すると――

「オマエラガ！　オマエラノセイデナカマガ！」

「コノザイニンガ！」

「キエテシマエ！」

燃え盛る炎の中で、何か黒い影が叫んでいた。

ああ、あの夢だ。

今まで身勝手に利用して捨ててきた人たち、その恨み辛《つら》みが具現化《ぐげんか》した悪夢。

「キサマラノセイデ、ナカマガシンダ。ドウシテクレルンダ」

見殺しにした人もいた。犠牲《ぎせい》にした人もいた。

その怒りは相当なものだろう。

それに気がつかないまま生きてきた私に、怒りを感じている人たち。

私は黒い影に包囲される。

彼らが望むのは、私が地獄に落ちること。

そして縄で吊るし上げられ、火炙《ひあぶ》りの刑に処され――

「――ハァハァ」

真夜中に息苦しくて目が覚《さ》める。

あの地獄から生還しても、まだ続いているこの悪夢。どんなに忘れようとしても、定期的に見せつけられる。

これを見るたびに、言葉にできない不安が頭を埋《う》め尽《つ》くす。いつか誰かが報復《ほうふく》に来るのではないのかと。

そう考えれば考えるほどに、逃げ出したくなるのだ。身勝手かもしれないけど、自分の命が一番大切だ。ここまで来て今さらだが。

喉がカラカラなので、水をコップに注いで飲み干す。

「ふぅ」

一息つく。

だけど、体はまだ不安で震えていた。

「大丈夫、大丈夫よ」

だけどもそれは「今は」なのだ。

冒険者ギルドは保護してくれると言うが、明確な答えはもらっていない。下手すれば一緒に粛清《しゅくせい》されるかもしれない。

再びベッドに入って強引に寝てしまう。

早くこの悪夢から解放されたいと願いながら。

「起きたの？」

「おはよう」

　翌朝、私より先にメルは起きていた。

「今日はどうするの？」

　あんまり所持金がないので稼ぎに行きたいが、斥候と解体師との予定が入ってないので、休むことにしよう。

　そう考えていると——

「ファラ！　メル！」

　ベルファストらが来た。

　顔を紅潮《こうちょう》させ、怒り心頭という感じだ。

「何よ？」

「貴様ら今までどこで油を売っていたのだ！　いなかったせいで狩りがままならず、食事だって取れなかったのだぞ！」

　そんなことか。

　ていうか、お前らのせいで貧乏になり、自力で稼がないといけなくなったのだ。お前らは貴族とかから金をもらっていただろうが。それをこっちに渡してくれないほうが悪い。黒い金だけど。

　私は苛立ちながら、ベルファストに尋ねる。

「金はどうしたの？」

「英気を養うために使った」

豪語するベルファスト。私は嫌な感じを覚える。

「こっちにも少し回してよ」

すると、ベルファストは首を横に振った。

まさか……

「金などもう使い切った」

「「ハァ⁉」」

あれだけの金を数日で？

慌てて私は尋ねる。

「英気を養ったって……何に使ったの？」

「新しく入るメンバーなどとの交流などにな」

この馬鹿どもが！

私たちの評判は、最悪なのだぞ。

言葉巧《たく》みに煽てられて、無駄に奢《おご》らされたというのが本当だろう。そいつらが裏切らないとも限らない。現実が見えていない馬鹿な連中のせいで、大切な金が飛んでいってしまった。

そして、次に言った言葉が最悪だった。

「金を返せ」

今まで私とメルに払ってきた金を返せと言い出した。

寝言も大概《たいがい》にしろ！　私たちは断固《だんこ》拒否する。

「嫌よ」

「仲間だろう」

今の状況を生み出したのは、お前らに原因がある。それなのに、何で私たちが貧乏くじを引かなくてはならないのだ。

「あなたたちだけで責任を取りなさいよ」

「お前たちはこれまで報酬に見合う活躍をしていない。だから金を返せ。百倍返しでな」

ベルファストの言っていることはめちゃくちゃだった。

いつものごとく自分が馬鹿な行動をしているのが理解できないようだ。少し殺意を覚える。もはや勇者とは名ばかりの無法者だ。

それからも言い争いを続ける。

「いい加減、現実を見なさい」

「見えているからこそ、金が必要なのだ」

「なら」

「冒険者ギルドには行かんぞ」

「……」

「我々は勇者だ。人に命令されることなどあってはならん」

もうすでに鎖《くさり》でがんじがらめなのに、まだ夢物語をほざいている始末。

「馬鹿な行動はやめなさい」

「馬鹿とは何だ！」

「自覚がないの？」

「我々は貴族の家の出で、勇者だ。尊敬《そんけい》され、崇拝《すうはい》され、歴史に輝く実績《じっせき》を残す。それが約束されているのだ！」

この自信はどこから来るのだ？

夢から覚めてもらわないといけないが、この分では不可能だろう。

「じゃあ、お金を返す代わりに、パーティからの離脱を認めて」

「お願い」

ギルドとの契約があるが、私もメルも限界だったのでそう伝える。

すると、ベルファストは答える。

「それは駄目だ。国王や貴族たちから言われただろう？　偉大《いだい》なる神々から任命された、と。そんな重大な使命を負《お》っているのだ。放棄《ほうき》することなど許さない。我々は活躍することを望まれている。そう、かつて広大な領地を誇っていた世襲貴族や、絶大《ぜつだい》な権力を持っていた王族――その威信《いしん》と名誉を回復させられるのは、我らしかいないのだ」

私は頭を抱えた。

「……そんな馬鹿な夢を背負《せお》わされているから不幸なのよ」

今の世の中は実力社会だ。旧時代の権力構造は時代にそぐわないし、復権できるはずもない。

その後も、何とか理解してもらおうと真剣に話すが――彼らの耳にはまるで入っていないようだった。

あくまで自分たちこそが正義だと信じきっている。

「面倒だな。とにかく！　金だ！」

ついにベルファストは剣を抜いた。

私とメルは震えながら、彼らに手持ちのお金のほとんどを渡した。

ベルファストは舌打ちしながら、強引にお金を奪い取る。ベルライトとカノンは当然のことのように見ているだけだった。

三人は去っていった。

メルが涙を流して言う。

「ファラ、この地獄はいつまで続くの？」

「下手をすれば死ぬまでね」

せっかく稼いだ金を奪われた。

私も泣き出したい気持ちでいっぱいだった。

×　×　×

「あ～っ」

私、リフィーアは、うなだれて歩く女性二人と出会いました。

あの二人は確か――ユウキが前に所属していたパーティのメンバーだったと思います。

ユウキのことで明確に対立していたので、無視して通り過ぎようかと思いましたが、どうも様子が変です。

どういうわけか、怯《おび》えているようですね。

女の勘《かん》というヤツです。

「……」

目が合ったのに無言です。でも、私が以前会ったことがあるのに気づいたようですね。

二人はハッとしたような顔になりました。

私から声をかけることにしましょう。

「何か用事でしょうか？」

「お金、貸してください！」

二人は地べたに頭をつけてお願いしてきました。


——その後。


「「ウマウマ～」」

食堂にすぐさま行ったのですが、二人はひたすらご飯を食べ続けています。私たちと同じように大食いなんですね。

「……いったいなぜ、勇者が貧乏なのですか」

最初に会ったときは横暴《おうぼう》な態度だったと思うのですが、二人は嘘《うそ》のように気弱な感じです。

「ごめんなさい。ユウキとはいろいろあってね」

二人はかなり空腹《くうふく》状態であり、その日の食事にもありつけないほど困窮《こんきゅう》していたことを話しました。

それから、ユウキに対して酷い言動をしていたこと、ユウキを追い出したことでその後どうなったのかについて説明し——

そして、日干しの刑を受けたことを教えてくれました。

一通り話を聞いて、私は冷たく言い放ちます。

「それは自業自得《じごうじとく》でしょう。そんな目に遭った原因のすべては、あなたたちにあります」

私は神官なので、彼女たちが受けた罰は神からのものだと断言《だんげん》しました。エリーゼたちもそれに賛同しています。

「そうね。その通りよ」

二人は、ファラとメルというそうですが、ファラはそう答えました。続けて彼女は、ユウキとの関係をどうにかして修復《しゅうふく》したい、と気弱な声で言いました。

ムッとした私は、言ってやります。

「はあ！　今さらですか？　ユウキ本人はどうだかわかりませんけど、冒険者ギルドがそんなことを許すとでも思っているのですか！」

そんな都合のいい答えなど、普通は出しません。

ただ、どうも冒険者ギルドは、勇者パーティの背後にいる連中をどうにかしたいと考えているようです。この二人はギルドに罪を告白しており、情報を渡すことで保身に走っているとのことでした。

さらに話を聞くと、他の三人の馬鹿な行動に悩まされているようです。

うーん、同情する余地はあるようですね。このままでは冒険者生活どころか命すら危《あや》うく、実際その日の食事にすら困っていたのですから。

そうして食事を終えると――

「「ううっ」」

二人は、食事に感激《かんげき》して泣いていました。

どうやら、これまでずっと硬いパンと水ばかりであったようです。農民でも時々は肉にありつけるのが普通なのに、この分では相当に苦労していたみたいですね。私たちはユウキと組んでいるから、良い食事ができますが。

「ごめんなさい。今はまだ敵なのに」

「ごめん」

二人して謝ってきます。

「もういいですよ。事情はわかりましたし」

でも、それだけしか言えません。

この二人は他の三人とは違い、本気で改心しようとしていたので、手助けしても良いと思いましたが、確証《かくしょう》は持てません。

「それで、どうするんですか？」

私は、今後の行動を聞いてみました。

二人は冒険者ギルドとの契約で、会った人物などの情報を定期的に報告しなければならず、離脱できないそうです。

日銭《ひぜに》は二人で稼がなくてはいけないが、私たちと大差ない順位まで下がっているうえに、勇者パーティの悪評のためにメンバーが集まらないとのことでした。

「どのぐらい分配してるのですか」

仲間への報酬の分配について聞いてみました。

斥候一人に二割、解体師一人に二割五分とのこと。今、この町の周囲でモンスターの大規模討伐が行なわれているので、それを考えれば妥当《だとう》な報酬ですね。

ただし、お金のない二人にはかなりきついはずです。

最後に二人は言います。

「こっちはこっちで何とかするわ。食事ありがとう」

「ありがとう」

二人は頭を下げて、人波の中に消えていきました。

その後ろ姿には、貧乏神が憑《つ》いているように見えました。

その後、町をぶらついて宿屋に戻ると、ユウキも帰ってきていました。道具などの補充が終わったようですね。

さっそくファラとメルのことを話します。

「……そんなことがあったんだ」

ユウキは少し神妙《しんみょう》な顔でした。

「僕は、勇者たちの最初の頃を知ってるよ。全員年上なのに、少しばかり世の中を知らない子供だと感じていた。冒険を続けていくうちに、苦労もあり失敗もあった。そのたびに『次は上手くいく』って励まし合ってたな」

「そうなのですか？」

少し意外でした。そんな時期があったんですね。

「まぁ、誰でも最初はそんなものだよ。僕も最初の頃は戦闘に参加していたし、手探《てさぐ》りで勉強してたしね。10位から9位に上がるときの喜びようは、よく覚えているよ。そこまでだったらちょっと不安な冒険者で、特に問題となるわけでもなかったんだけど……」

そこで一息入れるユウキ。

「順位が8位に上がると、見知らぬ連中が近づいてきたんだ」

ユウキは、そこからパーティが徐々に歪《ゆが》み始めた、と付け加えました。

そしてさらに続けます。

「『俺たちは勇者だ！　人々から賛美され、賞賛され、偉大な功績を残す存在なのだ！』って馬鹿なことを徐々に口走るようになった。最初のうちからそういった発言はしてたけど、明確な輪郭《りんかく》を持ち始めたのはここからだね。最初はベルファストだけだった。だけど、ベルライトとカノンがそれに賛同していた。そうしていくうちに、ファラとメルも徐々に毒されていったんだ」

勇者も一様《いちよう》ではなくて、それぞれに違っていたようです。私たちが会ったファラとメルは、勇者の中でも毒気《どくけ》が弱い人だったみたいでした。

「変な連中との関係も見えてきて、馬鹿げた契約をしたり、冒険者ギルドが認めない他のパーティへの不平等な扱い方をし始めたり……最初のうちは、仲裁《ちゅうさい》に入って火消しをしてたんだけど、いくら消火してもキリがなかった。やがて僕は奴隷的《どれいてき》な扱いをされるようになり、僕一人では抑えられなくなったんだ」

それでもユウキは勇者パーティを離れられなかったとのこと。裏切れば、罪人として処罰すると脅《おど》しをかけていた連中がいたからです。

「こちらから逃げ出せば罪になったけど、追い出されれば自由になれる。それを狙ってたんだ。そのときのために、情報集めと人脈作りを始めたんだ」

あるとき、討伐パーティでそれらの行動が認められて、冒険者ギルドが全面的に保護をしてくれるようになったそうです。

「こういうときは認知されている大組織って安心だよね。人々からの信頼が厚《あつ》いし、人材も揃っている」

それでギルドと交流しつつ、解放されるまで待ち――

「……そのすぐ後に、私と出会ったんですね」

私はしんみりとした表情になってしまいました。

でも、あの二人のことを、聞かないといけません。

「それで、どうするつもりですか？」

「冒険者ギルドの重役たちとも会って話をしたけど、あの手の馬鹿は叩いても叩いても出てくるし、しぶといそうだから、もう離脱した僕では何もできないよ。離脱したならば、二度と関わるなとも厳重《げんじゅう》に言われているし。ファラとメルはわからないな。二人は僕たちのパーティに入りたいみたいだけど」

あくまで今後のことは、冒険者ギルドに任せるしかないそうです。

同じパーティでもないため、同じ場所に移動するわけではないし、その問題児と一緒にいればどんなことを言われるのかわかりません。

同じ女として、助けたいという気持ちもあります。

だけど、私たちの実力では何もできないのです。冒険者ギルドが認め、信頼し援助してるのはユウキだけであり、他ではありませんから。

もうこの話は終わりです。

どうにかしたい気持ちはありますが、私たちもまだまだ下のパーティであり、経験不足。やらなければいけないことや、覚えなければいけないことは山ほどあります。

「じゃ、さっそく作ってきた毒薬の使い方から覚えようか」

ユウキはそう言うと、自作の毒薬の使用方法を私たちに伝授《でんじゅ》し始めたのでした。

×　×　×

「ユウキは仲間に恵まれているわね」

「うん、そうだね」

私、ファラとメルはそう実感していた。

皆、外見《がいけん》が良く、能力があり、至って健全な冒険者だった。

何より、ユウキのことを慕《した》っているのがよくわかった。

あの分では、一生面倒を見てもらうという考えなのだろう。そのために冒険者として努力している感じだった。

身勝手で傲慢《ごうまん》、都合次第で相手への態度をコロコロ変えるあいつらとは大違いだ。

ユウキのことをよく見ていなかったせいで、彼の能力は解体と料理だけと見誤《みあやま》っていた。

何という馬鹿なことをしてしまったのだろう。

ほんの少し前まで、自分を優れた冒険者だと驕《おご》っていて、彼の実力が見えていなかった。

本当に無能なのは私たちのほうだったのだ。

だからといって、彼は二度と帰ってこない。冒険者ギルドが保護をしていて、こちらが下手に手を出そうとすると、即座に粛清されるだろう。

宿屋のベッドで休むと、境遇《きょうぐう》の差に涙を流しそうになった。

翌日、斥候と解体師と一緒に狩りをするはず……なのだが、二人は予定された時間になっても来なかった。

「ちょっとこっちに来なさい」

冒険者ギルドの職員が私たちを呼び出す。

「何なのでしょう？　嫌な予感がするわ」

そうしてギルド支部長の所まで連れていかれる。壮年《そうねん》の男性だった。

「来ましたか」

さっそく用件だけ伝えられた。

「えっ？　私たちの順位を9位に下げる？」

「ええ」

そんな……何とか冒険者として活動できていたのに。

なぜ、そのようなことになったのか、説明を求める。

「あなたたちのパーティメンバーである、ベルファストとベルライトとカノンが、町で問題を起こしましてね」

何でも、三人は金をばら撒《ま》いて、怪しい取り巻きを形成していたそうだ。

それだけなら問題はなかったそうだが——ベルファストが給仕の娘を、強引に買おうとしたとのこと。

つまり、夜の相手をさせようとしたわけだ。

それで拒否されたベルファストが、力ずくで連れ出そうとしたために事件化した。その場にいた冒険者ギルドの屈強《くっきょう》な精鋭《せいえい》に潰された彼らは、牢屋《ろうや》送りになったという。

「困るんですよ。今は大討伐中であり、人の出入りが激《はげ》しい。そんなときにこんな問題を起こされては」

「「申し訳ございません！」」

私たち二人は、もう地べたに頭をつけて土下座《どげざ》するしかなかった。

「あの三人と取り巻きは、二ヶ月間牢屋送りです」

ギルド支部長は厳《きび》しい態度を崩さなかった。

本当だったらこういう場合、私たちも連帯責任で同罪なのだと言う。とはいえ、まったく関係ない私たちに配慮《はいりょ》がなされ、少しの罰で済ませるようにしたとのこと。

罰金も彼らだけから取り立てるそうだ。

ギルド支部長はため息混じりに言う。

「勇者か何か知りませんが、もう少し世の中の常識を身に付けるべきだと思いますが」

「「はい……」」

か細い声になってしまう。

私は、尋ねにくいなと思いつつも、今日ともに依頼をこなす予定だった、斥候と解体師の二人について聞いてみる。

「……斡旋していただいた二人は？」

「はぁ……二人については臨時であり、こちらから少し手切れ金を渡して、別のパーティへと斡旋しました」

「そう、ですか」

こんな問題を起こしたメンバーがいるパーティなど、死んでも入りたくないだろう。

私はギルド支部長に尋ねる。

「私たちはどうなるのでしょうか？」

順位を下げられたのだ。この順位ではできることに大きな制限がかかる。

「とりあえず別人を斡旋しますから」

それで初心に戻り頑張れ、ということらしい。メンバーが起こした不始末なので文句の言いようもない。

さっそく新しい人材を紹介された。その四人とモンスターの討伐に向かう。

「はぁ～」

「ファラ？」

順位が下がったことも大問題だが、新しく入った四人は明らかに戦闘経験が少なかった。ウルフに集団でかかっても苦戦してしまうほどなのだ。

私たちが力任せに倒すこともできるが、それでは彼らには手に入るものがない。パーティを組まされているし、一時的にでもリーダーになっているので、面倒を見ないといけない。

的確な攻撃も、練《ね》られた連携も何もない、完全な素人。

「そういえば、私たちにもこんな時期があった」

私たちも最初の頃はこの程度だっただろう。

それからかなり時間はかかったものの、ウルフ数体を倒すことができた。

それから解体作業に入るが、前のメンバーよりも目に見えて遅い。遅いのだが、経験も知識もほとんどないので、これは我慢するしかない。

内臓などを取り除く作業で、血まみれとなる。

革製の大きなエプロンは血で真《ま》っ赤《か》だった。

「ウォーター」

私はその血を水で洗い流す。本当なら着替えたほうがいいが、そんな余裕などどこにも存在しなかった。

体を綺麗《きれい》にしながら、ふとあいつらのことを思い出す。

「あの馬鹿どものせいで、苦労が絶えないわ」

「ファラ、もう先が見えない闇の中のようだよ」

「そうね。あいつらはこれをきっかけにして冒険者を辞めてほしいぐらいよ」

「どうしてこんな人と今まで一緒だったんだろう」

もうすでに私たち二人は、あの三人を見限る決断を固めていた。

第二章　爵位授与

「えっ。冒険者ギルド支部長が呼んでる？」

僕、ユウキが町の中を仲間らと散策して宿屋まで帰ると、ギルド職員が待っていた。

何でも正式にパーティメンバーに入れてほしい人物が数人いるそうだ。

「どうして？」

「単純明快に言えば、育ててほしいということです」

将来有望な若手冒険者を、手取り足取り育ててほしいということらしい。今のメンバーでもやっていけるのだけど……

「冒険者ギルドはユウキ様に期待しています。なので、直接的に人材を斡旋したほうがよろしいと判断しました」

「はぁ」

ギルドが保証済みの人材を入れる、か。

まぁ、食わせていくのは手間だが、人材が欲しいのも確かだよね。

僕は「了解した」と返事をする。

×　×　×

それから数日。

僕は町の中を散策しつつ、必要な道具などを買い揃えることに時間を費《つい》やした。

冒険者ギルドに向かうと、僕だけ別室に案内される。

部屋には、男女六人が待っていた。

「紹介いたしますね」

一人ずつ名前を言い出す。

「ガオムだ。よろしくな」

大剣を担《かつ》いだ屈強そうな男が一人目。

「リシュラです」

「リシュナです」

双子らしい女性が二人目と三人目。

「ウルリッヒ。薬などの調合が得意だよ」

いかにも研究者らしいメガネをかけた男性が四人目。

「ミオよ。解体が本職」

活発そうな女性が五人目。

「リナです。調理などが仕事です」

やや小柄の女性が六人目。

「「「「よろしくお願いします」」」」

「よろしく」

一人ひとりと握手する。

「じゃ、さっそくで悪いんだけど」

他の仲間を待たせているので、急ぎでモンスターを狩りに行くことを伝える。準備はもうできており、すぐにでも行けるそうだ。

さっそく狩りに向かった。

「向こうにいるね」

望遠鏡でモンスターがいそうな場所を見る。

こっちの世界にもこういう物はあった。材料が高いうえに製造技術が必要なので、高い買い物になったが便利である。

周囲には背丈《せたけ》の低い草しかないな。隠れるのは無理か。

「リフィーアたちは右手から回って」

「はい」

新メンバーたちはどれぐらいのことができるのかわからないので待機させる。

僕は弓に矢を番《つが》えて放つ。

「プギーッ！」

ボアの腹に命中し、すぐさま二射目を放つ。

それも命中し、ボアが暴《あば》れ回る。

しばらくすると動きが遅くなり、ドスンという音とともに横倒しになる。秘伝の毒薬を鏃《やじり》に塗っておいたのだ。

それから二頭ほどボアを狩った。


「それじゃ」

周囲には他のモンスターがいないので解体作業に入る。

「手伝います」

ミオがそう言い、新メンバー全員が手伝いを申し出てくる。

「道具は持ってるの？」

「もちろん」

それじゃ手伝ってもらうかな。

最初に三本の長い木の柱を三角形に組み立てて、てっぺんを縄で縛り、ボアの頭部にフックをかけて吊り上げる。

一頭はリフィーアたちに任せ、僕が二頭を解体する。

「手順はわかる?」

「えっと……」

ミオはこのような吊り上げての解体方法は初めてのことなので、手順がわからないみたいだ。他の人も難しい顔をしている。

「えっとね」

一から説明していくしかなかった。

「ここはこうして」

「はい」

「ここからこう切り裂《さ》く」

「はい」

内臓の取り出し方から毛皮の剥ぎ方、肉の削ぎ方から骨の分断まで、一つひとつしっかりと説明していく。

皆、最初は戸惑《とまど》っていたが、手順を教えていくとコクコクと頷く。

そうして一頭目の解体が終わる。

「向こうはもう少し時間がかかるか」

リフィーアらはやっと毛皮を剥いだところだった。

「こっちはこっちで進めよう」

二頭目はできる限り、ミオらにやらせることにした。

一度手順を見ただけなのに、大ざっぱだが理解はしていたようだ。やや頼りない部分はあったが、解体技術に関しては合格点を出してもいい腕前である。

特にミオの技術は素晴らしかった。さすが、ギルドが推す人材だけはあるな。他のメンバーと違って戦闘能力はあまりないようだけど。

そうして解体が終わると、僕はみんなに告げる。

「今日の狩りはこれで終了」

全員が疑問を浮かべる。

「何でですか？」

リフィーアはいつもよりも早めに切り上げることが不満のようだ。

「まだまだ獲物はたくさんいますよ」

エリーゼも同意見のようだ。

「あのさ、新人が入ったんだから」

その歓迎会をやりたいのだと説明する。

「……それは必要なことなのでしょうか？」

彼女たちだけでなく、入った人たちも同じ考えのようだ。

不定期に出入りする冒険者パーティでは、歓迎会などないも同然である。でも、僕はやりたかった。


さっそく歓迎会の準備を始める。

まず石を積《つ》み上げて竈《かまど》を作り、藁束《わらたば》を入れて、紙に火打ち石で火をつけて、その中に入れる。

藁束に火が移ると木屑《きくず》を入れて、さらに薪を入れて、火を大きくしていく。

フライパンを取り出して、そこに瓶に入った油を注ごうとしたところ――

「それ、油ですよね」

調理が得意な新メンバーのリナが質問してくる。

この世界の油は、基本的に味も匂《にお》いも良くない。

訝《いぶか》しげなリナにその油が入った瓶を渡すと、彼女は蓋《ふた》を開けて匂いを嗅《か》ぐ。

「嘘。あのツンと来る臭さがない！　それに、ほんの少しだけど甘い！」

リナは指先に付けて舐《な》めていた。

僕の作った食用油は、油独特の苦さや臭さがほとんどない。動物性と植物性の両方あるが、今回のは植物性である。

リナから瓶を返してもらう。今回作るのは、ボアの肉と野菜を油で炒《いた》めた物と、ふっくらしたパンだった。

そうして荒野《こうや》の中で、食事会となる。

「はい、どうぞ」

「こんなにふっくらしていて柔らかいパンなんて初めて見た」

歓迎会の食事に、全員が驚いていた。

まぁ、普通では出せないからなぁ。

パンだって小麦粉を入手するところから始めたし、そこら辺は母さんの知識が役に立った。

「さぁ、食べよう」

モグモグモグモグ。

全員の反応は様々だ。

以前からのメンバーは喜んで食事をしているが、新しく入った人たちは一口一口確認しながら驚いている。

たぶんだけど、この新メンバーの斡旋は、人材育成以外の思惑もあるのだろう。大体の予想はつくので、それについてはあとで確認することにしようかな。

少しだけ緊張感《きんちょうかん》が漂う食事会が終わった。


町の宿に戻ってから、全員を一部屋に集めて本当の理由を聞くことにした。

「んで、本題を聞きたいんだけど」

「本題ですか？」

「まずは何で僕のそばにいることを推薦《すいせん》されたのか」

それについては、以前からギルドが陰《かげ》ながら援助してくれているのが理由だろうが、今回は少し違うようにも感じていた。

ミオが不思議そうに尋ねてくる。

「何も聞かされていないのですか？」

「君たちを育ててほしいとしか聞いてない」

ガオムは「本当にか？」ともう一度聞いてくる。

「だから本当に知らないんだって」

「そのようですね」

ウルリッヒはそう口にすると、経緯《けいい》について簡単に説明してくれた。

「……貴族の爵位？」

「はい。まだ可能性の段階ですが、ほぼ確実です」

何で？　とも思うが。

「以前、新型吊り上げ式解体台の土台をギルド技術者へ提供されたと伺《うかが》っておりますが」

そんなこともあったなぁ。

「あれが各方面で絶賛《ぜっさん》され、解体技術の進歩に多大なる貢献をなさいました」

それで、開発した僕に、爵位を授与する予定だそうだ。

「俺らは、人物の見極め及び、家臣として推薦されたんです」

「そうなんですよ」

ガオムに続いて、ウルリッヒが言う。

最初に推薦されるので、今後幹部《かんぶ》として働ける人材が選ばれたのだという。彼らは、ここに来るまでは他のパーティにいたそうだ。そこでも優秀だったが、僕のそばで働かせるほうが好都合だとギルドが判断して移動させたらしい。

「で、実際に見た感想は？」

僕が尋ねると、ガオムが答える。

「文句なしだな。戦闘もできるし、解体もできる。料理や薬学にも精通《せいつう》してるし。噂以上だ」

続いて、双子のリシュラ、リシュナ。

「「だよね～」」

ウルリッヒが感心したように言う。

「ボアを瞬時に倒した毒薬、非常に興味深い」

ミオは嬉しそうに話す。

「獲物を吊り上げての解体があんなに楽だとは考えもしなかったよ」

最後に、リナが笑みを浮かべて言う。

「あの油の製法、ぜひとも教えてほしいです」

これ以上ないほど良い評価のようだな。

「なるほど」

「なるほど……って！　ユウキ、簡単に納得してますけど、冒険者で職業的に貴族になるのは非常に難しいんですよ！」

ここでリフィーアが口を挟《はさ》んでくる。

エリーゼたちも反応する。

「「「私たちはどうなるのですか？」」」

パーティを解散させられるのかと不安そうだった。

そこへ、ウルリッヒが説明する。

「それについては、ユウキ様の冒険についていけるのであれば、側室なり愛人なり、好きにしてよろしいと」

「「「やった！」」」

彼女たちは大喜びだった。農民の娘が貴族の愛人とかになるだけでも、大出世であるらしい。

エリーゼが尋ねる。

「で、どれほどの爵位をいただけるのですか？」

「最低でも準騎士爵にはなるかと」

職業貴族とはいえ、貴族は貴族。爵位によってある一定の金額を毎年支給されるのが通例だった。彼女らはもう未来への計算を頭の中でしている。

その後も話を聞くたびに、怪しい笑みを浮かべる彼女たちだった。

「ユウキが貴族に、ユウキが貴族に」

ウフフと怪しい笑みを浮かべるリフィーア。僕はそんな彼女らを見ながら少し面倒なことになったと思っていた。

ウルリッヒが声をひそめて告げる。

「すみませんが、他者には漏《も》らさないでください」

今は他言してはいけないみたいだ。なお、実際に与えるのにはもうしばらく時間がかかるとのこと。

それについては、あとで考えることにして――

まずは全員を食わせていくことを最優先にしなくては。

×　×　×

翌日、冒険者ギルドで依頼を受けることにした。

「ベアか」

掲示板に張られていたのは、ベア数頭の討伐だった。

何でも街道《かいどう》近くに現れており、急ぎで討伐してほしいそうだ。その依頼を受けて実際に行くことにした。

「ベアの討伐経験はある？」

仲間に聞く。

リフィーアらは当然未経験。

ガオムらは数回あるらしい。ただ、他の多数のパーティと連携して倒したそうで、単独パーティでは厳しい相手だと答えた。

そうして現場に行くと——

「三頭か」

思っていたよりも数が多い。

「どうするか」

ガオムらは少し不安そうだった。ボアよりも大きく強いベアの討伐なので、それも仕方ないことだった。

急ぎの依頼だし、手早く済ませたほうが良いと判断して、僕は武器を取り出す。

「それは！」

出した武器は、ただの鋼鉄の棒。

だけど、その大きさは普通のとは違った。長さは三メートル近くあり、太さもかなりある。こんな大型の武器など見たことはないだろう。

「二頭は僕が倒す」

残りの一頭をお願いし、狩りを開始する。

さて、今までは可能な限り力を抑えて戦うことを心がけていたが——今回はそうも言っていられないか。

規格外《きかくがい》の得物《えもの》を持ち上げて軽く振るい、少し本気で目標まで走り出す。

あっという間に敵との距離が詰まる。

僕には魔術という便利な才能はない。

だけど、こっちの世界に来てから圧倒的に身体能力が向上していた。このような重量級の装備を木刀のように軽々と振るえるほどに。

四百メートルの距離を速く駆け抜け、ベアの目前まで迫《せま》る。

「グァッ！」

「はぁっ！」

敵の頭部目掛けて鋼の棒を振り下ろす。

ゴキン、という骨が砕ける音がしてベアは即死した。

それに気がついた二頭目は反撃を試《こころ》みるが、すぐさま横に振り抜く。数百キロはある巨体がゴロゴロと転《ころ》がっていく。

三頭目がその様子に驚いて一瞬動きが止まる。それを見逃さず、同じく頭部目掛けて武器を振り下ろして一撃で即死させる。

「ハァハァ」

ここでようやくリフィーアたちが追いついてきた。一頭は任せるつもりだったが、結局僕だけで終わらせてしまった。

「ようやく到着」

「ユウキ、早すぎですよ！」

「そうです！」

「その身体能力はおかしいです！」

不満タラタラだが、やってもらう仕事がある。

「そこでうめき声を上げながら、転がっているベアの処理をお願い」

横に薙《な》ぎ払ったベアは内臓を傷《いた》めたのか、苦痛の叫びを上げながらビクビクしている。

リフィーアとガオムらは僕に文句を言うよりも先にやることがあると判断したのか、ベアの息の根を止めることを優先してくれた。

「よし、これで依頼は完了っと」

僕がそう口にすると、リシュラとリシュナが尋ねてくる。

「ユウキ、なぜこれほどの戦闘能力があることを教えてくれなかったのですか？」

「そうですよ」

仲間全員が不満げにしている。

それについては、これまでは力を出さなくても勝てる相手だったし、そもそも暴れるのは好きではないと説明した。

すると、ウルリッヒが口にする。

「まるで特化戦士のようですね」

「特化戦士？」

「古来、高い魔力と武力を併《あわ》せ持つ戦士を『魔道戦士』と呼び、並ぶ者がない武力を持つ戦士を『特化戦士』と呼ぶんです」

そうなのか。

「ただ、どちらもそれに達するほどの実力者がいたのは大昔のことでして」

現在では、ある程度の実力さえあればそれに区分される。本当の意味でそう呼ばれるのは、冒険者ギルドでも数えるほどだそうだ。

少し話が横道に逸《そ》れたが、ベアの解体に入るとしよう。

いつものように長い棒と縄を取り出して、三角形のテント状にする。

ここで吊るすのだが、ベアは大きくて頭部にフックをかけるだけでは吊り上がらない。

なので、両腕にフックをかけて左右からも引っ張り上げる。

体を中心にX字になるようにして吊るし上げればＯＫだ。

三頭ともそうする。

「ベアの解体経験は？」

全員が首を横に振る。

「それじゃ一から始めるから、手順をしっかりと覚えるように」

全員にエプロンを装備させて、部位を切り出したときに汚れないよう布を用意させておく。

いきなりだが、お尻からナイフを入れる。

そこから一気に顎の辺りまで一直線に割いてから、両手足の先のほうにナイフを入れて、体の中心まで一直線に切り裂く。

徐々に毛皮を剥ぐ作業へと入る。体が大きいので、僕一人では時間がかかりすぎる。リフィーアらにも手伝わせる。

そうして体と毛皮を切り離す作業を淡々《たんたん》と行なう。

「よし」

三十分かけて、毛皮と肉を切り離した。

「大変ですね」

新メンバー全員は、解体作業は手間がかかるのだと改めて思ったようだ。

「ほら、休んでる暇《ひま》はないよ」

まだ一頭目の毛皮を剥いだところだ。仕事はたくさんある。

次は内臓を取り出す。

下に大きな桶を用意しておいて、ナイフで下半身のほうから刃物を上に入れていき、首の辺りまで来てから、手を突っ込んで左右に開き、中身を確認する。

内臓を鷲《わし》づかみにして引っ張る。グニャグニャと柔らかく温かい内臓は気持ち悪さ全開だが、これをためらうとあとの始末が大変なのだ。

崩さないようにして、内臓を全部落とした。

「ミオ、あとは部位ごとに切り分ければ良いだけだから、よろしく」

「わかりました」

内臓を全部取り終えたので、あとは部分ごとに切り分ければそれで終わり。ミオらに任せて、僕は二頭目の解体を始める。

リフィーアたちを補佐《ほさ》につけて、リシュラとリシュナで解体作業を始める。ガオムとウルリッヒは周囲の警戒をしている。

ガツガツ。二頭目は一頭目よりも少し小さめ。あくまで少し小さめであり、重さは五百キロ前後だ。

同じ手順で解体を進めるが、僕以外経験者がいないので、進行速度は遅めだった。

毛皮を剥ぎ終えて内臓を取り出したところで、一頭目の解体がすべて終わったようだ。

そこには肉の山があった。

「各自魔法のバッグに入れて」

全員魔法のバッグを持っているので、分配して持ち運ぶことにする。

「二頭目の内臓を全部取り出したから任せる」

休む間もなくミオらに命令する。

解体作業では、肉を切り分けるよりも、内臓を取り出したり毛皮を剥いだりする作業のほうが重要なのだ。

重い肉を切り出すのは大変だが、大雑把《おおざっぱ》に切り出してもさして商品価値は下がらない。しかし、毛皮はボロボロになると使い物にならないし、内臓などの処理を間違うと、すべてが無駄になる可能性がある。

これだけは経験者が最優先でやるのがお決まりだ。

それから三時間ほどかけて、全部のベアの解体が終わる。

「ユウキ、お湯は十分沸《わ》かしてあります」

「わかった」

全員に指示を出して、あと始末をする。

まず血で汚れた手をお湯で洗う。

この世界のモンスターは悪性の菌《きん》を持っていることがあるので、作業が終わったら洗い流さないと病気になってしまう可能性が高い。

手をゴシゴシ洗い、使った道具なども綺麗にする。

それが終わると、シャベルを取り出して穴を掘《ほ》って内臓を埋める。これをやらないと、モンスターを呼んでしまうからだ。しっかりと土をかぶせる。

「ユウキはいつも、こんな丁寧《ていねい》にあと始末をしてるのか？」

　ガオムは、普通ならばしないようなことまですべて行なうのを不思議がっていた。リフィーアとエリーゼに聞いている。

「そうですね。安全管理は徹底してますね」

「私たちも、初めは理解できなかったですけど」

「何でそこまでするんだ？」

「ユウキが言うには、『狩人は他者に迷惑《めいわく》をかけてはならない。あと始末をせずそこにモンスターが来てしまい、怪我人《けがにん》が出てしまったら、誰に責任があるのか』と。その言葉の意味を常に忘れてはならないと」

　狩った獲物のすべてに責任を負う。その日の糧《かて》にするのも、他者に迷惑をかけないようにするのも、責務《せきむ》だと。

「そうか」

　ガオムは理解したようだ。

「やはり、冒険者ギルドから聞いていたよりも、大物かもしれないな」

　戦闘能力だけではなく、知識も経験も豊富であり、何よりしっかりとした考えを持っている。主と仰《あお》ぐのにふさわしい能力を有している。そんなふうに僕を称えたガオムは、なぜか嬉しそうにしていた。

「さて、戻るとしようか」

依頼は達成したので帰ろうとすると、リナが話しかけてくる。

「ユウキ様！」

「ん」

「あの油や、パンの製造方法が知りたいです！」

リナだけではなく、リシュラとリシュナも知りたいそうだ。

「ふむ」

「駄目、でしょうか」

そんな泣きそうな顔をするな。

自分一人では製造できる量に限界はあるし、需要《じゅよう》があることも確認済みだ。この機会に教えておくのも悪くないか。

「いいよ」

「「「やった」」」

「ただし」

他言してはならない、と念押ししておく。これはまだ僕だけの技術であり、簡単に他者に漏らすなら、それだけで切ると。

コクコクと首を縦《たて》に振る三人だった。

×　×　×

町に戻ると、さっそく冒険者ギルドの調理場を借りる。

「じゃ、まずは食用油からね」

取り出したのは、大量のボアの脂身。

この世界では、その脂身をそのまま火に入れて溶《と》かして料理するのが常識だ。しかし問題はその臭さと味である。どうにもねっとりとしていて舌に残り、味わいが良くない。

まずは鍋《なべ》に少し水を入れて火にかける。そして、徐々に脂身を入れていく。

しばらく経つと、水は濁《にご》った色の液体になった。

「ここからが重要な手順」

よく覚えておくようにと言って聞かせる。

「使うのはこれ」

取り出したのは、粗《あら》い目の紙だ。これを鍋の端から滑《すべ》り込ませるように入れて、鍋に全部入ったら掬《すく》い上げる。

「ほら、よく見て」

紙は鍋の中身と同じように濁っていた。

そうして鍋の中身を見ると――

少しだけ色合いが良くなった。

「単純に油というけど、溶ける油もあれば、そうではない油もある。獣性《じゅうせい》の油は良い部分が沈《しず》み、悪い部分が浮き上がってくる。なら、それを取り除けばいい」

鍋の油を舐めさせてみる。

「この前の油ほどではありませんが、クドさがあまりないですね」

「「ほんと～」」

全員がとても驚いていた。

「やり方さえわかれば、簡単なものでしょ」

あとは温度調節をしながら、何度か同じことを繰り返していく。

「これで完成」

そこには濁りがない澄《す》みきった油が、鍋いっぱいにあった。

「「すごい」」

鍋の中身の油を見るだけではなく、味も確認する。

「「甘～い」」

徹底的に雑味を抜けば、油は甘く感じるようになる。

「油の雑味や汚れなどを取り除く方法は他にもあるけど、一番簡単なのは、使う油と使わない油を分離させて、使わないほうを何らかの方法で取り除くこと」

さっそくやらせてみる。

僕と同じように鍋に火をかけて、脂身を入れてやらせてみるが――

「「「熱い！」」」

紙を入れようとして、あまりの熱さに失敗してしまう。

そりゃあ、油はかなり熱くしてある。でも、汚れを取り除くためには、ためらってはいられない。

手早くやらないといけないので、もう少し勉強が必要かな。

「ユウキ様は簡単にできてたのに……」

これぱっかりは、慣れが大きいからな。

「油はほぼすべての料理で使われる。美味い料理を作ろうとしたら、この油の作り方を最低限覚えてないと、クドい油の味しかしない料理ばかりになるから。とにかく勉強だ」

その後、三人だけでなくリフィーアたちも交じって、油の作成をするようになった。

それから数日狩りに出ず、油の作り方を覚えるのに費やす。やがて、リナらが何とか合格点を出せる品質の油を作ることに成功した。

×　×　×

「それじゃ、パン作りに入るね」

「「「よろしくお願いします」」」

集まったのは、パーティの女性陣全員。みんな、やる気いっぱいだった。

「面倒なんで最初に聞くけど、経験はあるの？」

餅《もち》は餅屋という言葉のように、パンも代々伝えられている技術と知識がある。

この世界では日常的に食されているので、パンの製造方法は確立されているが、半分近くが硬い黒パンなのだ。

これは、小麦粉の値段が高いことと、供給が難しいことが理由だ。

こちらの世界には水車はあるが高額なので、所有者は領主などに限られている。

圧倒的多数が大きな石臼《いしうす》で粉を挽《ひ》いていた。毎日使う分の粉を、そんな重労働で作るのはどう考えても効率的ではない。

本音《ほんね》を言えば小麦粉で作りたいが、入手のしやすさを考えて、粗く挽かれた大麦の粉を使う。

「リナは、パン作りの手順はわかるの？」

「ええ。実際にパン屋で修業しましたから」

それなら彼女に任せても大丈夫か。

粉に水を入れて、練り上げていく。

そこで秘伝の材料を出す。

「なんですか、これ？」

それは濁った液体が入ったガラス瓶だった。

「ユシュの実を干した物を、水に漬《つ》けたんだよ」

ユシュとは、前の世界のぶどうに似た果実だ。

それを水に漬けて、時間を経過させ、水が少なくなったら、継《つ》ぎ足すという作業を繰り返した。

「……」

リナは、「そんなものを混ぜるのか？」という視線を向けていた。

「いろいろ言いたいことはあるかもしれないけど……」

そんな文句は、完成品を見てからにしてほしい。

酸っぱい匂いを放つその液体を、練った粉に混ぜる。

そして台の上に置いて放置し、発酵《はっこう》するのを待つ。

それが終わると、金型に入れて竈に放り込む。

遠火でジワジワと焼いていくと、膨《ふく》らみ始める。普通ならさほど膨らまずペシャンとなるが、小麦粉で作るパン並みに膨れ上がった。これがさっき入れた液体の効果だ。

十分膨らみ、火が通ったところで、竈から出す。

「「「オオッ！」」」

ふっくらと見事に膨らんだパンを見て、全員大喜び。

さっそく試食する。

「柔らかい！」

「すごいな！」

「大麦の粉なのに！」

多少ボソボソした感じはあるが、一般的に売られている硬くてそっけない黒パンとは比べ物にならないほど、柔らかく味わいも良い。

みんなでできたてのパンを堪能《たんのう》していると、何者かが現れる。

「おやぁ～、何か良い匂いがすると思えば」

「「「エーリッヒ支部長」」」

僕以外が頭を下げようとするが、エーリッヒ支部長本人がそれを制止する。

「ハハッ、仕事が一段落したので軽く食事を、と思いましてね」

そうして僕らが食べていたパンに注目する。

「これは、色からすると大麦で作ったようですが……えらくふっくらしてますね」

「は、はい」

支部長は、答えたリナに笑みを向けると、そのパンを手に取って食べる。

「ほう、ただ厚いだけかと思えば、柔らかく適度に噛みごたえがある。おいしいですねぇ」

パンをかじりながら、何かを考えているようだった。

「これはユウキの知識ですか？」

「「「はい」」」

全員が首を縦に振る。

「ああ、ユウキ。少しばかり時間を取れますか？　ギルド職員がお願いしたいことがあるそうです」

そちらのほうで話があるから行け、と視線で示す。

なるほど、そういうことか。

「わかりました」

皆に何を吹き込むかわからないが……とりあえずこの場は離れたほうが良さそうだな。

僕は調理場から離れていくのだった。

×　×　×

「さて、全員揃っていますね」

ユウキを除いた新メンバー全員とリフィーアたちが集められた。

エーリッヒ支部長は一呼吸入れて、話し始める。

「ユウキが考案して開発した吊り上げ式解体台が、冒険者ギルド公認の道具として正式に認定されました。その功績により、ユウキを第6位への順位と男爵位《だんしゃくい》を与えることが大多数のギルド支部長の賛同によって決定されました」

全員が息を呑《の》む。

「今後の陞爵《しょうしゃく》についてはまだ若すぎるという理由で難しいところもありますが、何か大きな成果を挙《あ》げれば年齢はさして問題にはなりません。あなたたちは今後もユウキのそばにいなさい」

まだまだ上に行く可能性が大きいので、関係を深めておけということだ。

ガオムらは一番の臣として、リフィーアたちは側室として。

正室が空《あ》いているのは、太いパイプを持つ人物の娘とかを入れるため。リフィーアたちからすれば、愛人になるだけでも十分幸せなので反対する理由はない。

ガオムらにしてもこれほど強くて頼れる主人はそうそう見つからないので、忠誠《ちゅうせい》を誓《ちか》うのに何の疑問も抱いていない。

「今後も励みなさい」

「「「はい」」」

あとは、ユウキの活躍次第。今後、どこまで昇《のぼ》り詰めるのか非常に興味があるが、そんなことより――

「このパン、ギルドの専売《せんばい》にしたいですねぇ」

さっそくあちこち交渉しなくてならないことを考えるエーリッヒ支部長であった。

第三章　もう一つの勇者パーティ

ユウキの仲間と別れてから、私、ファラとメルは必死だった。

順位も下げられたうえに、仲間まで拘束《こうそく》された。

私たちはとにかく金が必要なのだ。依頼の選《え》り好みをしてる余裕などないと判断し、採《さい》取《しゅ》から討伐まで何でもした。

だが、今組んでいる仲間はほとんど素人だ。しかも、自分らにも優れた能力があるわけではない。素材の見極め方も扱い方も不勉強であった。

今日も集めた素材を冒険者ギルドで換金する。

「少ない」

「そうね」

布袋の中身の金を確認するが、満足のいく額ではなかった。

一言で言えば、経験不足だ。

薬草などの採取でも、知識と技術は必要である。どんなのが状態が良いか、どんなふうにすれば高く売れるか。そういう地味で当たり前の知識や技術を、これまで修得《しゅうとく》していなかったのだ。派手《はで》な攻撃ばかりに気を取られていて、こうした生命線となる方面を無視したツケが回ってきている。

薬草を見つければ引っこ抜いて、キノコなどは籠《かご》に入れるだけ。そのあとのことなど考えない。そんなのを買い取れと迫ったところで、値段を叩かれるのは当然であった。

しかも、その少ない報酬を人数分で分けなくてはならないのだ。見入りは少なく、生活はギリギリである。金を分配したあとに仲間と別れて、宿屋に戻る。

もうすでに高額な宿屋を引き払って、最低ランクの宿屋に変えている。

カビ臭く湿《しめ》り気《け》のある布団は嫌だが、我慢しなくてはならない。

「ファラ、今後、どうする気？」

「そんなの決まってるでしょ」

もう勇者だとは名乗らず、パーティから離脱する。それしかない。

あの仲間のせいで、私たちまで白い目で見られているのだから、離脱しても良い条件は満たしている。ベルファストらもここまでの仕打ちを受ければ改心しているはず。普通のパーティに戻り、やり直すしかない。

自称貴族だとか、支援してくれた人々には悪いが、もはや出世はできない状態だ。

そう考えているところへ、見知らぬ男たちがやって来た。

ノックもなしに部屋へ入ってくる。

「火炎の勇者ファラと、御門の勇者メルだな」

「あんたら、誰？」

ゴテゴテした装備をしている男が五人。

「他の勇者はどこだ？」

罪を犯《おか》して牢屋送りにされていると説明した。

「ファラ、こいつら」

「どうやらそのようね」

風の噂で聞いていた連中であろう。自己紹介をしてもらう。

「我々は真の勇者のパーティ『銀狼《ぎんろう》』だ！」

高々と宣言した。

私たち以外にも、勇者と名乗る連中がいることは知っていた。

そいつらは、私たちよりも派手にいろいろなことをしていた。良くも悪くもだ。大半が後者だが……

派手に金をばら撒き、身勝手に暴れ、あと始末を考えないベルファストらの行動をさらにエスカレートさせたような無秩序《むちつじょ》な集団である。

ベルファストはそんな彼らについて次のように言っていた。

「我らと同じく崇高《すうこう》な志《こころざし》を持ち、偉大なる勇者への歩みを進めている同志だ！」

大喜びしていたが、その中身は私たちよりも酷い。

どうやら後ろ盾《だて》になっている人々は、こんな連中すら利用価値があるという認識なのであろう。評判は良くなるどころか悪くなる一方なのに。

「我々は――」

そこからは、完全に一方的に話を聞くだけだった。

「偉大なる王国の援助を受けている」

「名誉ある血族の末裔《まつえい》」

「神の加護を受けた傑物《けつぶつ》」

――だとかなんだとか捲《まく》し立てて話してくれた。

自分らこそが正義の執行者だと勘違《かんちが》いした馬鹿どもであり、迷惑な火種にしかならない連中である。

「――というわけだ」

そんな話を三十分近く聞くしかなかった。

息切れせずに言うのはすごいが、中身が最悪である。

「さぁ、さっそく狩りに行くぞ!」

「嫌よ」

私たちは首を横に振る。

相手は「なぜだ?」という表情だが、もはや将来への芽はないも同然。普通に生きていくのが無難であるのだから。

「我らが『上手く』使ってやろうというのだ」

こいつらの「上手く」とは、私たちがユウキにしたように、罠《わな》に嵌《は》めてひたすら酷使《こくし》するだけだろう。

目的も事情も話さず、自分らに都合のいいように話を進めていくだけ。それがもはやどこにも通じないのにもかかわらず、やろうとする頭の悪さである。

もうこれ以上問題を起こせない以上、大人《おとな》しくしているのが身のためだ。

徹底的に拒否する私たちを見て、相手は言う。

「ふん。結局、没落《ぼつらく》した家の出の娘とは浅ましいものだな。お前らの家族はさぞ期待していただろうに」

なぜ、実家のことを知っている?

「家族をどうしたの、答えなさい!」

そう迫ると——

「ハハハ！　今はどこかの開拓地でも耕しているか、スラムだろうな！　ああ、必要のない物はすべて取り上げたぞ」

「この野郎!!」

家を潰し、家族から財産を取り上げたと言う。

こいつらに殺意が湧《わ》いた。

背後にいるのは、貴族連中だ。使えるうちは使うが、そうでないなら奪い取るだけ。こんな最低な連中がこの世界に存在しているのだ。

殺意が膨れ上がる。

だが、人数差があるので、睨《にら》みつけるのが精一杯だった。

「貴様らにはもう用はない。ベルファストらのほうに行くぞ」

そうして奴らは去っていった。

「……ファラ」

「……メル」

これは罰なのか？　もはや家族に会うことは叶わないだろう。

あの様子では、どこに行ったのかすら掴めない。

没落した家の出であるが、生活はそこそこ平和だった。それが壊れた。取り返しがつかないほどに。

「「ウェ～ン!?」」

二人で大声で泣く。

何もかもをなくしてしまい、手の中にあるのはわずかなお金だけ。もはや先の見えない暗闇のようだった。

ひたすらに泣いて泣いて泣きまくった。

どこから間違えたのだろうか。

理由を考えるが、思い当たることが多すぎてわからない。

絶望しかなかった。

そこに、コンコンと――ドアを叩く音が。

泣いているのがうるさいと文句を言いに来たのだろうか？　ある程度落ち着いたので、ドアを開ける。

「初めてお目にかかります。ファラさんとメルさんですね？　ギルドの使いの者です」

フードを被《かぶ》った人物が現れた。

顔がよく見えない、ギルドの使いという男。

あいつらのあとに来たので疑惑《ぎわく》を抱いたが、今さら誰が来ても同じだし、冒険者ギルドの名前を使っているので、悪い相手ではないはず。

そう判断して、話を聞くことにした。

「あっしは、先に来た勇者だと名乗るパーティの審査を行なうように、ギルドから依頼されてましてね」

まぁ、裏方だと思ってほしいと。

「どちらのですか？」

冒険者ギルドの裏方には大きく分けて二つある。

一つは文字通りの裏方で、目立たず地味に事務作業や単純労働を行なうことで生計を立てている。

後者は密偵であり、各方面の重要な機関や人物のことを調べ上げ、ギルドに報告する存在。

この人物は、おそらく後者に属するのだろう。

「お二人とその家族が酷い目に遭ったことは存じていますよ。ですが、それはあのベルファストらに同調して、ユウキに無茶を押し通した罰であり、当然の報《むく》い。それぐらいのことは理解できるでしょう」

もはや頷くことしかできない。

これまでの行動をすべて思い返せば、それぐらいの報いは受けて当然である。命まで取られなかったのは幸運であろう。

「そんで、こっからが本題なんですけどね」

そこからフードの男の話をしっかり聞くことにした。

一時間後。

「――そんな」

彼が話したのは、私たちが貴族にただ利用されていたという事実だ。何となく気づいていたが、改めて言われるとショックだった。

私たちは次の言葉を胸に活動してきた。

『この世界には、未開地が無数に存在している。しかし、そこで活躍しているのは冒険者であり、騎士や貴族ではない。なぜ、それらが活躍できないのか？　それはひとえに、冒険者が仕事を奪っているからだ。本来は、民を守るのも、国を守るのも、騎士の役目だ。だが、冒険者ギルドが自分らの力を誇示《こじ》するために、騎士や貴族の仕事を横取りしておる。今こそ我々は立ち上がり、威信を取り戻すべきだ』

これは王の言葉である。

冒険者ギルドが認める職業貴族が世襲貴族よりも優秀であるがゆえに、前者を重用《ちょうよう》するようになっている。その現実に甘んじることなく、自分らで実績を作り、旧時代の王権の復活をしようと、王は考えているのだ。

状況を打開するため、ベルファストらに勇者の称号を与えて冒険者として実績を積ませる計画が進められていたのだが……

その結果が、彼らの牢屋送りと私たちの今の状況である。

それでも諦めずに、さらに危険な者たちを勇者として送り出したらしい。おそらくさっき会った者たちがそれなのだろう。

それで私たちはすでに用済みになったようだ。

「んで、どうしますか？」

今後のことを聞いてくるフードの男。

たぶん、新しい勇者の調査が本命のはずだが、用済みになったはずの私たちに接触《せっしょく》してきたのはなぜだろうか？

「話せることは全部話します」

とにかく最初からすべて話すことにした。それ以外未来がないのだから。

「そんじゃ」

ついてこい、と。

泣きたい気持ちを抑えて、フードの男についていくことにした。

×　×　×

僕、ユウキはギルド支部長から言われて、職員に話を聞きに行く。

「何なんだろうか」

わざわざギルド支部長直々《じきじき》に来たということは、僕のほうにもそれなりに重要な話があるのだろう。

期待と不安の中で、ギルド職員のもとへ向かった。

「ユウキ様ですね」

奥の個室まで案内される。

「いったい何の用件ですか？」

率直《そっちょく》に聞くと、以前ギルドに提供した技術、つまり吊り上げて解体する解体台の代金のことだった。

ギルドでは、優れた技術や知識を発明した場合は特許権《とっきょけん》が持てる。

そして、それがどれだけ普及《ふきゅう》したかによって、その代金がギルドに積み立てられていく。

僕個人としてはさして気にもしなかったが、仲間が増えたし今後を考えると、所持金が多いに越したことはない。

だけど――

「えっ？　こんなに」

その金額を聞いて、とても驚いた。

「本当にこの金額ですか？」

「はい」

　それは、前の世界で言えば、億単位まで行くような金額であった。

「あの新型の解体台の有用性は想像以上であり、解体の労力削減《さくげん》に大いに貢献しました」

　すぐさま各方面から購入希望者が殺到《さっとう》し、数年先まで待たなければならない予約購入者がいるほどだ。主に大口の購入者が多く、解体業に従事《じゅうじ》している人々が半数以上を占《し》めている。

「あと、功績がありますので、ランクを6位にまで上げて、爵位を与えます」

　ちなみに、男爵にさせるのを検討しているそうだ。

「でも、ギルドの規則では、普通は準騎士爵からでは？」

　慣例というか、通常ではそのはずだ。

「それについては、各方面からの強いあと押しがありまして」

　これまで旅の途中で手助けした人々からの推薦があり、それを考慮《こうりょ》して男爵位から始めるということだった。

　そういえば、あれやこれや交流してきたことを思い出す。

　ほとんど馬鹿勇者のあと始末だったけど、実になる付き合いも多かった。

「この町での大規模討伐が終わったら、指定する場所まで行ってください」

　そこで正式な手続きをするそうだ。

職業的に貴族になるだけとはいえ、キチンとした立場の人でないと任命できないとのこと。

ちょっと面倒だけど仕方がないか。

その後も説明は続いた。


三十分後に解放されて、仲間のもとまで戻る。

「何で全員ニヤニヤしてるの？」

「ユウキ！　貴族に正式に任命されたんですよね！　ですよね‼」

リフィーアたちだけでなく、ガオムらもにこやかだった。

テンションが高いなぁ。

「ユウキ、いや、主様《あるじさま》とお呼びすべきか。男爵位への任命、おめでとうございます」

ガオムは堅苦《かたくる》しい話し方になっていた。

まぁ、貴族に対しての話し方としては当然か。

「今後、私たちは正式な家臣として主様を支えます」

「頑張ろうね！」

仲間から家臣となれることに、皆大喜びのようだ。

職業貴族になるのはかなり難しく、幅広《はばひろ》い知識と豊富な経験が求められ、功績もなくてはならない。

世襲貴族とは違い、一代限りで審査が厳しい。冒険者のランクとは違い、ただモンスターを倒しているだけでは駄目なのだ。有力者や実力者とのパイプを持っていたりすることなども不可欠だという。

まぁ、今までの行動が無意味でなかったとの結果でもあるか。あと、今後はみんなに給金を支払わないとな。

「今後ともよろしく」

「「「はい」」」

未来への展望が明るくなったけど、難しい仕事も増えるなぁ。

×　×　×

「勇者と名乗る連中が来て、ベルファストらを解放した、ですか」

「はい」

私、エーリッヒ支部長は部下からの報告を聞いていた。

ベルファストらは牢屋送りにしたのだが、町の領主に突き出したというのがいけなかったか。別の勇者が来て、何だかんだ理由をつけて解放させてしまったようだ。おそらく金で解決したのだろう。

その勇者らのことは噂で聞いていた。

ベルファストにも増して、絵に描《えが》いたような馬鹿な連中らしい。今の時代では考えられないほどに選民思想を持っていて、自己中心的な考えの持ち主だという。

彼らの目的である、旧時代の王権と貴族の特権など、今の時代ではありえない。やはり、早めに叩いておく必要があるだろう。

「勇者らは今何をしてますか?」

どうやら、そのまま町の中に消えたそうだ。

私は部下に向かって命令する。

「密偵を使い、尾行させなさい」

今後を考えて、証拠を集めることにした。

はぁ、あの馬鹿なベルファストと同じような連中が増えるというだけで、頭が痛い。

×　×　×

とりあえず貴族だとかの話は置いといて、狩ってきたベアの肉などを売りさばく。

「やっぱりダブついてるかぁ」

「そうですね」

僕、ユウキのぼやきに、リフィーアが頷く。

大討伐中なので肉をはじめとして、かなりの物が供給過多《かた》だった。食料品だけでなく、装備品や薬剤なども大量に入荷されていて、通常より安くなっている。

「自分らで消費するには多い、でも、売ろうとすると安い」

馬車が数多く出入りしていて、外に向けての販売も行なわれている。

「どうしましょうか？」

当面の資金には困っていないが、備《そな》えとしてお金は多いほうがいいけど。

「とりあえず様子見《ようすみ》」

このまま相場を見て、落ち着くのを待つことにした。

それより飯を食いに行こう。

「お待ちどうさま」

「「「ワオッ！」」」

一軒の食堂に入って、手持ちの肉を大量に提供して調理してもらう。

肉が供給過多になっているということは価格が下がっているということ。この機会にしこたま食っておこうと考えたのだ。

「いただきます」

「「「いただきま～す」」」

分厚《ぶあつ》い肉を大きな鉄板で焼く。

ジュ～、という音とともに、食欲をかき立てる匂いが漂う。

すぐさま全員の箸《はし》が動く。

ガツガツガツガツ。

焼けた肉を、何も言わず口の中に放り込んでいく。それからしばらくして落ち着いたら、談笑《だんしょう》が始まる。

「いやぁ～、こんな好き放題、肉を食えるなんて久しぶりだ」

「「そうですね～」」

「討伐が盛《さか》んでないと、お金がかかりますからね」

ガオム、リシュラとリシュナ、ウルリッヒが嬉しそうにしている。

リフィーアたちも僕と知り合う前は、あまり肉を食べる機会がなかったらしい。パーティを組んでからは、肉ばかり食べている気がするけど。

「酒も頼む？」

「いいのですか？」

こちらの世界では十四歳で成人だ。パーティメンバー全員、酒は飲めるが、ちょっと値が張るから気楽に飲むのは難しいんだよな。

でも貴族になるのが確実だし、その前祝いとして飲んでもいいか。

「いいよ。頼んでも」

「「「やった！」」」

「ただし」

明日からも狩りを続けるので、過度《かど》に飲みすぎないこと。

そうして全員が酒を注文する。

僕はビール、女子はワインだった。

「「「カンパーイ」」」

ビールを一口だけでやめてしまうと、リナから聞かれる。

「ユウキ様は飲まないのですか？」

「体質的に駄目なんだ」

軽いのならいいが、どうにも体質的に合わない。

なので、そっちで好きに楽しめと言っておく。

「ふぅ〜、美味い肉を食いつつ酒を楽しむ。少し前では考えられませんでしたね」

エリーゼたちは酒を飲むのは初めてだそうだ。農民の出では酒なんて手が届く代物ではないよね。

「酒ってこんな味なんですね」

「美味いですね」

「ちょっとあとに残りそう」

リラ、ミミ、フィーも楽しんでいる。

そうして宴の席が終わり、眠《ねむ》りについた。


翌日、冒険者ギルドに行くと、何やら慌ただしかった。

「各自、装備や道具を点検しろ」

「こっちに回復薬くれ」

「予備の装備も確認しておけ」

多数のパーティが集まって忙しそうにしている。

「何があったんだろう?」

ギルド職員に確認すると、ベアやシークやボアが大量に確認されたそうだ。

その大規模討伐を行なうそうで、人手を集めているとのこと。解体技術に長《た》けた後方支援の人材も大量に入れるらしい。

これに乗らない手はないと考え、すぐさま参加の手続きをする。

そうして、大人数の合同パーティで狩りをすることになったのだが――

「ハハハ！　雑魚《ざこ》が群れをなして何ができよう！　我ら銀狼だけが活躍できるのだ！」

あからさまに見下したような発言をする者がいた。見てみると、ゴテゴテの装備のパーティがいる。

そして、その中にいたのは——

「ベルファスト？」

「ユウキ！」

町で狼藉《ろうぜき》を働いて牢屋送りになったと聞いていたのだが……金を払って解放されたのか？　そして何食わぬ顔でまた冒険者をしていると。

どこまで悪運が強いんだろう。今さらも今さらだが、しぶといな。

「よく出られたねぇ」

「貴様！　勇者であるにもかかわらず、仲間を助けないとは何事か！」

うざい、すごくうざい。

僕からすると、勇者の称号なんて一方的に押しつけられただけ。そのせいでどれだけ苦労したと思ってるんだ。

何を言っても、こいつらには馬耳東風《ばじとうふう》だろうが。

先ほど一際騒《ひときわさわ》いでいた男が近づいてくる。

「ほう、貴様が裏切った勇者のユウキか？」

「お前、誰？」

「我々こそは、誇り高き勇者で構成されたパーティ。そして俺様がそのリーダー、ジークムントだ！」

あぁ、その言葉だけでわかってしまった。

また迷惑な輩《やから》を無駄に増やしたのだと。

「で、その誇り高き勇者様が何用で？」

「決まっておろう」

ジークムントと名乗った男が革袋を取り出す。

「？」

「これを渡すのも極めて不本意だが、これで過去のことを不問にしてやろうというのだ。ありがたく思え！」

「……こいつら、何を考えてるのかなぁ」

ジークムントが渡してきた革袋は小さかった。

こんな程度でどうにかなると思っているのだろうか。その頭の出来だと小学生並みだな。

なるほど、これが僕への評価なわけね。

ベルファストらが何を言ったのかわからないけど、もうすでに袂《たもと》を分かってるんだ。

僕は、ニヤニヤと笑うそいつの手を取り——

「え？」

素早く足を払い、握《にぎ》った手を捻《ひね》り、地べたに転ばした。

「て――」

そして、その腹を渾身《こんしん》の力で踏みつける。

頑強《がんきょう》そうでない防具は、ベコッという音とともに凹《へこ》んだ。

「＆、＆％＄〃‼」

「ごめ～ん、ゴミを踏んづけた」

ジークムントは言葉にならない叫びを上げると、胃の中の物を吐き出した。

彼の仲間らしき奴らが近づいてきて、僕を睨みつけて言う。

「……貴様。何をするか」

すかさず剣を抜いて斬りかかってくる。だが、その武器はゴテゴテしているだけで、割り箸のような強度だった。

手のひらと拳で挟むと、パキーンと軽い音とともに折れてしまう。

「へ？」

得物がなくなったことで困惑し、あたふたする新勇者たち。

部防備なそいつらに、拳を打ち込んで気絶《きぜつ》させる。

「ア、アワワワ」

新勇者のパーティは、ベルファストたちを入れて八人もいたにもかかわらず、あっという間に倒されてしまった。

元仲間らは、僕の強さに顔面蒼白《がんめんそうはく》だった。雑魚が群れをなして何をするっていうの？と思ってしまう。

「ベルファスト、ベルライト、カノン」

「「「ヒィッ」」」

完全に腰砕《こしくだ》けの三人に宣告する。

「僕とお前らはもう完全に無関係なんだ。それと、いい加減に現実を見ないともっと地獄を見るぞ」

もはや完全に決別した関係だが、忠告したという事実が重要なのでしておく。

さて、依頼を受けようかね。

愚かな元仲間らを黙らせて依頼を受ける。事前の説明では、複数の合同パーティを組ませて一気に狩るということだ。

そうして申請をしてしばらくすると――

「やぁ」

爽《さわ》やかそうな青年がやって来た。

「あなたは」

「僕はとある複数のパーティをまとめているブルスッグという者だよ」

よろしく、と。

軽く挨拶を交わす。

「人数としては十人ほどですが、よろしくお願いします」

「こちらこそ。何でも調理や解体に長けてるんだってね。こちらにもできるのはいるけど本格的なのは少ないから」

ギルドの紹介ならありがたいと。

「もう準備はできてるかい」

もちろんだと答える。さっそく出発することにした。

第四章　仲間を試す

それから三時間後。

「ユウキ、獲物の解体を頼む」

「わかった」

合同パーティの人数は六十人前後ほど。屈強な戦士もいるし、弓を使うのも数名。魔術師もいる。もちろん後方支援の解体師や調理師もいる。

僕は前線に出るのは避《さ》けて、後方支援に回ることにした。主に弓での援護。ガオムらは前に出たけど。

「よっと」

いつものように解体準備をして、ベアを一気に引っ張り上げた。

「何でこんなふうにするんだ？」

他のパーティの人からの疑問だ。

単純に言えば、効率的だからということになるだろう。

これほどの巨体だと、動かすのが一苦労なのだ。それに、寝転ばせて解体すると汚れてしまう。それらを避けるには、こうして吊り上げてしまうのが良い。

軽く説明してみたのだが――

「ふ～む」

あまりわかってないようだな。

仕事があるので、イチイチ教えてあげる時間も惜《お》しい。申し訳ないけど、急いで解体作業を進める。

ザクザクとナイフで腹を割いて内臓を取り出し、毛皮を剥ぐ。そして、肉を切り分けてから骨を分断して終わりだ。

「早いねぇ」

僕の作業を見ていたブルスッグは感心していた。

確かに他の人よりも目に見えて早いからな。

「そうかな」

「うん、早い。他は数人で解体しているのに、一人でやっているにもかかわらず、それと同等以上にね」

解体作業は時間がかかるのが常で、その分敵に狙われやすい。モンスターは血の匂いに敏感《びんかん》なのだ。だからこそ現場では、時間を短縮する方法が求められている。

僕は一人で解体を行なっていたが、リフィーアらは数人で組んで仕事をしている。

解体作業を続けると、次々と獲物が運ばれてきた。

「ユウキ、いけるか」

もちろんだと答える。

そうして仕事が次々と入ってくる。


「さぁ、飯だ」

狩ってきた獲物の解体がある程度終わる頃、やっと食事にありつけることになった。

冒険者たちが焚《た》き火を囲み、一斉に休憩し出す。

ブルスッグが僕に頼み込んでくる。

「ユウキ、他の連中を貸すから頼む」

「了解」

事前に調理技術に長けていると話しておいたので、期待されているのだろう。十五人ほど貸してもらい、さっそく調理に入る。

普通なら、硬い麦パン、塩辛い干し肉、水だけの食事だろうが、僕がいてそれはありえない。

まず、事前に焼いておいた柔らかいパンを全員に配る。それから米を煮《に》てお粥《かゆ》にし、魚醤《ぎょしょう》を付けて出した。

肉の腸詰を茹《ゆ》でてからお皿に並べ、一つずつ自家製ソースをかけていく。野菜も持ってきているので、切り揃えてドレッシングをかけて出した。

時間も予算も限られているので即席だが、こんなところだろう。

ブルスッグが声を上げる。

「うおっ！　えらく豪勢だな！」

調理にここまで力を入れるパーティなんてないようだ。「町で食べるのと差がない」と言って驚いている。

さっそく食事を始める。

「「「美味い」」」

あちこちから声が上がった。

大人数で和気藹々《わきあいあい》と話しつつ、食べ物を口に運ぶ。

ブルスッグが話しかけてくる。

「こんな場所で、よく料理ができるねぇ」

僕は当たり前のように答える。

「母親から、解体と料理を叩き込まれたんですよ。ちなみに父親からは、最低限の道具で生き残る術《すべ》を教わっています」

それに、こんな場所とはいっても、薪は常時確保してるし調理道具も多く揃えている。

もちろん調味料も。だから、屋内で料理するのと変わらずにできるんだよね。

他の冒険者たちが、お礼を伝えてくる。

「いつもは塩辛い干し肉とかだけだから助かるよ」

「そうだな。美味い食事は、それだけでやる気が出てくる」

「ですね。うちの調理担当はここまでの料理はできないから」

料理しただけなのに、随分《ずいぶん》と感謝されてしまった。

そうして食事を終え、今日のところはここで野営することになった。

各パーティのメンバーそれぞれが準備をし、テントなどを組み立てる。一人の冒険者が僕に尋ねてくる。

「ユウキ、何をしてるんだい」

「仮設トイレ」

そう、僕はトイレを作っていた。

大きな穴を掘り、そこの上に木の板を間を空《あ》けて置く。その周囲に四本の棒を立て、布で覆《おお》えば完成だ。

こういった設備は、意外と重要なのだ。

「へぇ。これは確かに便利だ」

男女問わずそこらで済ましている冒険者は多い。男はともかく、女はあまり見られたくないだろう。

「順番を守って使ってください」

「了解」

そうして夜がやって来る。

さて、寝袋で寝ることにしようか。

×　×　×

次の日も狩りに励むことになった。

「ん」

狩りを続けていると、空気の匂いが少し変化していることに気づいた。

この気配は間違いない。

僕はブルスッグに声をかける。

「リーダー」

「何だい」

「狩りが上手くいってるところ悪いんだけど……」

急いで切り上げて、全員でテントを張るようにと進言する。

ブルスッグは首を傾《かし》げる。

「どうしてだい？」

「もう少しで大雨が降ってくる」

「……それは本当なのかい」

「はい。まだ雨雲《あまぐも》は見えないけど、こちらに来ている」

「あとどれぐらいで降り始めるかな」

「おそらく二時間ほどで」

「それが確かなら、他のメンバーにも説明しないと」

ブルスッグは僕を信じ、すぐさま他のパーティを集めてくれた。

僕から手短に伝えたのだが、冒険者たちは信じていないようだった。

「本当か？　まだ雲行きはおかしくないが」

「このパーティを組むときに、ユウキの意見を尊重《そんちょう》するように言われたが……」

「……そうですね」

半信半疑《はんしんはんぎ》の彼らに、僕は強気で言う。

「とにかく、このままだと雨に体力を奪い取られてしまう」

信じてほしいと強気で押す。

ここまでの探索《たんさく》で、僕は獲物の足跡《あしあと》などをたどり、効率よくモンスターを狩れる場所を案内してきた。そういうのを加味して、僕に従《したが》ってほしいと主張する。

やがて、リーダーのブルスッグが賛成しているのもあって、僕の意見が通ることになった。

皆で急いでテントを組み立て始める。雨風に備えて二重に張らないといけないので、いつもより時間がかかる。

そうして準備が終わった頃――

ポツポツ。

「……来た」

小さな雨粒が降り始めた。それはあっという間に強くなり、勢いが増し始める。

バシャバシャ。

心配していた大雨が来た。

「各自、組み立てたテントに避難《ひなん》だ。大雨が通り過ぎるまで休息を取れ」

皆、急いでテントに避難した。

「……雨、やみませんねぇ」

ザーザーと降る大雨の中、テントで休息を取る僕たちのパーティ。

避難してからすでに四時間は経過していた。

「せっかく狩りが上手くいってたのに」

リフィーアが愚痴を漏らす。

エリーゼたちも同じように不満げだった。

「天候ばかりは仕方がないよ」

僕は皆を宥《なだ》めつつ言う。

「それに万が一、雨の中で戦闘になったらどうするの？」

雨の中で戦闘など、自殺行為でしかない。

体力が奪われるし、視界の確保だって困難だ。下手すると、味方で同士討《う》ちになってしまうこともある。

エリーゼが頷きながら言う。

「そうですね。ユウキの予測がなければ、今頃は雨の中で右往左往《うおうさおう》していたのですから」

「「「異議なし」」」

リラ、フィー、ミミが賛同してくれる。

ちなみに、ガオムらは別のテントにいる。まだ雨の勢いは衰《おとろ》えないが、僕は様子を見に行くことにした。

「ガオムたち、状況はどうかな」

「ユウキ様。状況は良くも悪くもないですが、いつでも動けるようにしています」

ガオムたちは揃って装備品の手入れをしていた。

様付けで呼ばれるのは気持ち的に嬉しくないのだが、彼らは僕の家臣なので、そう呼ばなくてはならないようだ。

続いて、ウルリッヒが告げる。

「それにしても、ユウキ様は天候の予測までできるのですね。非常に難しいとされているのに」

「まあね」

父親から、天気の予測や星の読み方まで、厳しく叩き込まれたからね。

「あと、どれぐらいで雨はやむのでしょうかね」

「まだ雨季《うき》ではないから、何日も続くようなことはないと思うんだけど」

まぁ、翌日の昼頃で雨はやむと見て良いかな。

僕はみんなに向かって告げる。

「各自、いつでも動けるように備えておいて」

「「「「はい」」」」

その後、リフィーアたちのテントに戻り、食事を取ることにした。テントの中では火は使えないから、保存用のパンと干し肉を食べることになった。

「ううっ。硬いよ～」

リフィーアは硬いパンと干し肉を、泣きそうになりながら食べている。

そんなリフィーアを、エリーゼは叱るように言う。

「黙って食べなさい。駆け出し冒険者の私たちには余裕がないのです。休めるテントと食事があるだけでも恵まれているのですから」

「そうそう」

リラはエリーゼの言葉に頷いた。

貧乏農家の生まれであるエリーゼたちは、この程度の食事でも恵まれているのだと言う。彼女たちの食卓はもっと貧相で、肉など出てこなかったようだ。

フィーとミミが続く。

「ユウキが圧倒的に優れているから、贅沢させてもらってるだけなんだからね」

「お腹《なか》いっぱい食べられるだけでも満足するべき」

全員大食いなので、とにかく食費がかかる。

ちなみに魔法のバッグは全員に渡していて、自分用の食事は確保しておくようにと言ってある。だけどこうした冒険では、満足のいく食事をするのはままならない。

食事を終えると、皆が眠りについた。

翌日の朝方に、大雨は小雨となった。

昼には雲が綺麗になくなり、青空と太陽が見えた。

「よし。晴れたな」

朝方にブルスッグらのテントに行って昼頃には晴れると伝えてあったので、他のパーティの準備も万端《ばんたん》のようだ。

各自、テントを片付け、モンスターの探索を始めることにする。

「ユウキ、どちらに移動したかわかるか？」

「少し待って」

雨でモンスターの匂いと痕跡《こんせき》が消えてしまっていた。

地面を見ると水溜《みずた》りが多くある。足跡など見えるはずもないが——ほんのわずかな痕跡を探し出していく。

「こっち」

二十分くらいかけ、モンスターが移動した方向を探し出した。

すぐに全員で移動する。

三十分後、ベア五体を見つけた。

「さすがユウキだな。こんなに早く発見するとは」

全員が僕を褒め称える。

ブルスッグが冒険者たちに告げる。

「各自、行動に移るぞ」

幸い草むらが多くあり、姿を隠すのには困らない場所だった。

さっそく僕たちも動き出す。

僕は投擲《とうてき》用の槍《やり》を数本引っ張り出す。仲間がモンスターを包囲したのを確認してから、狙いをつけて槍を投げた。

「せぇの」

槍はビューンという音を立て、モンスターに一直線に向かう。

「グガァァー」

槍は狙い違《たが》わず、ベアの心臓を貫いた。

一体目を即死させられた。

続けて、二本目三本目と続けて投げていく。それで二体目を倒し、四本目五本目六本目は躱《かわ》されたものの、傷を負わせることはできた。

ブルスッグが声を上げる。

「よし、ユウキの先制攻撃で、ベアはダメージを負っている。戦闘開始だ」

草むらに隠れていた冒険者たちが飛び出し、ベアを取り囲んだ。

僕は遠い距離にいたが、急ぎ足でベアのもとに向かう。

「グワッ！」

槍に体を貫かれたベアは、それでも生きていた。

「さすがにベアともなると簡単には死なないか」

そうこうしているうちに、他のパーティの冒険者たちが一体を倒してくれた。

これで残り二体だ。

ベアはその体の大きさに見合う体力と、意外なほどの機敏性《きびんせい》を持っており、不用意に追い込むと反撃をしてくる。初心者パーティだと、瞬時に壊滅させられることもある。

僕は駆け足で近づきながら、長い鋼鉄の棒を取り出した。そして、身長よりも長いその棒をベアの腹目掛けて突き出す。

「この」

ベアは回避できず、もんどり打って横倒しになる。さらに横薙ぎで払い、別のもう一体も吹き飛ばした。

僕は冒険者たちが呆然《ぼうぜん》としているのを見て、指示を飛ばす。

「今だ！　滅多打《めったう》ちにして！」

この好機を逃すわけにはいけない。全員でベア二体を囲い込み、武器を叩きつける。

そうして、すべてのベアを倒すことができた。

冒険者の一人が尋ねてくる。

「ユウキ。なぜそれほどに強いのに、解体や調理ばかりして戦闘に参加せず、その力を隠していたんだい？」

確かに、僕がその気になればベア五体なら余裕で一人で狩れる。それほどの力があることは、自分でもわかってるが――

「力をひけらかしたり暴れたりするのは嫌いなんだ」

そんな力を持っていると知られれば、煩《わずら》わしいことに巻き込まれるかもしれない。だから戦闘するのは控《ひか》えていたのだ。

もっとも、味方が危《あぶ》ないときは遠慮《えんりょ》しないけど。

「はいはい。この話は終わりだ。これ以上問うのは意味のないことだ」

ブルスッグが割って入ってくれた。

「でもよ」

冒険者たちは、明らかにもっと知りたいという様子だ。僕が全力でいけば、自分らの負《ふ》担《たん》が軽減《けいげん》できるという考えなのだろう。

ブルスッグが告げる。

「ユウキはもう十分貢献している。モンスターの発見に、天気の予測に、解体に、そして料理。他に挙げてもキリがない。これ以上、負担をかけてはいけない。頼りたい気持ちはわかるが――今は倒したベアの解体を優先事項としよう」

ブルスッグは、「これ以上は何も問うな」と無言で威圧《いあつ》していた。

そうしてベアの解体作業を始めるのだった。

× × ×

それが終わってから、次の獲物探しを始めるのだが――

「これは」

「ユウキ、どうしたんだい」

地面に残る痕跡をたどっていて気づいたことがある。

「モンスターだけじゃなく……人の足跡が数多くある」

他の冒険者の足跡が、モンスターの足跡と一緒に混じっていた。豪雨《ごうう》にも消えないほどに、その足跡は強く踏みしめられている。

ブルスッグが呟く。

「このままだと、獲物の取り合いになるかもしれないな」

「それだけじゃない場合もある」

「どういうことだい」

「足跡の中に血の痕跡がある」

おそらく負傷者《ふしょうしゃ》がいるのだ。この血の量だと、きっと複数だろう。

僕はブルスッグに向かって言う。

「この先に、負傷した冒険者たちがいる可能性が高い」

「なるほど」

ブルスッグが判断に困っていると、近くから声が上がる。

「無視しよう。それでいいじゃないか」

一人の男が言った。

彼に賛同を示す者たちも少なくない。

すると、女性が反論する。

「待ってよ。この先に負傷したパーティがいるのよ。急いで救出するべきよ」

「だが、不覚を取った向こうの問題だ。俺らは狩りの途中なんだぞ」

なお冒険者は、こうした狩りの最中でも、負傷した者を見つければ、治療《ちりょう》行為をすることが義務付けられている。

「負傷者が目前にいるのに、見捨てるってどうかと思うわ」

「それはユウキの予測だろ。確実にいるとは言えない」

「そうだけど……」

負傷者を発見した場合、このように意見が分かれることが多い。負傷者は単純に足手まといになるからだ。

だから、義務を怠ることになるが、見捨てるという判断も悪いわけではない。それはギルドでも暗黙《あんもく》の了解となっている。

救助したことで、危険に身を晒《さら》すことにもなるのだ。

だが、このまま言い合いを続けていては、負傷者が助かる可能性はどんどん下がっていってしまう。

ブルスッグが、揉《も》める冒険者たちを宥めつつ言う。

「仕方ない、こうしようか」

ブルスッグは、次のようなアイデアを出した。

僕が言うように負傷者がいるとして、救出に行くのなら右手側。無視してこのまま町に戻るなら左手側に分かれろと。

先ほど揉めていた男性は迷いなく左手側に行った。救助すべきと主張していた女性も迷いなく右手側へ行く。

僕らは迷ったが、右手側に入った。

「残念だねぇ」

ブルスッグらのパーティの人は全員左手側に入っていた。

つまりは、そういうことだ。冒険者稼業《かぎょう》は慈善《じぜん》事業ではないのだから。

「無事に帰ってくることを祈るよ」

こうして討伐チームは、二つに分かれて行動することになった。


その後、一時間ほど。

そのパーティを見つけることができたのだが――

「……うっ、これは……」

そこにあったのは、無残な死体の山だった。

人らしき肉の山に、ボロボロな装備が付いている。腹部はグチャグチャで、手足はもげかけていた。

血がそこらじゅうに広がっている。

言葉で表すには、悲惨すぎる状態だった。

むせるほどの血の匂いに、数人が吐いてしまった。まさかここまで酷いとは、僕も思っていなかった。

「……っ！　急いで生存者がいるのか、確認を」

いっそ見なかったことにしたかったが、見つけてしまったのだから責務を果たそう。

僕は、死体を一つひとつ調べて生存者の捜索《そうさく》を行なう。

正直《しょうじき》言って、この状況で息がある者なんているとも思えないが、やるべきことはしっかりとやろう。

一緒に来た仲間たちに指示を出して調べていくが、やはりもう天に旅立った人しかいない。

諦めかけていたが――

「ユウキ！　この人はまだ息をしています！」

リフィーアが生存している人を発見した。

すぐさま回復術をかけるように指示する。

「ゴホッゴホッ……あぁ、何だ？　体があたたけぇ」

唯一の生存者だった。

この人以外はもう全員息を引き取っていた。

もっとも、この人も身に着けている物はボロボロの血まみれで、生きているのが奇跡としか思えない。

「神様が迎えに来てくれたのか？」

「残念だけど、まだ現世だよ」

生存者の男にそう答えると、男は僕のほうを見て尋ねる。

「あんたは？」

「幸か不幸かわからないけど、痕跡を追ってきた冒険者だ」

「そうか……」

それから掠《かす》れた声で聞いてくる。

「仲間は？」

僕は首を横に振って、駄目だったと示した。

すると、男が語り出す。

「ゴホッ。突然の雨に、襲《おそ》われて」

あの大雨の被害を受けたようだ。

「これ以上話すのは危険だから、町に帰ってから聞く」

正直、死体運びなど嫌なのだが、やらなければいけない。ボロボロだが、ほとんどが手足の付いている死体だ。

僕は死体運び用の大きな布袋を取り出し、リフィーアに声をかける。

「これに入れて」

「運ぶのですか？」

遺体《いたい》は十五人分あった。

ちなみに、こちらの人数は二十五人。半数近くが女性なので、こんな重荷など運べない。

そもそも死体など運びたくないだろうし、触《さわ》りたくもないだろう。

結局、僕が一人でやることにする。

布袋を開けて、死体を入れていく。

「私もやります」

リフィーアが名乗り出る。

「大丈夫？」

「神官として、死体を放置はできません」

だが、その声は震えていた。

「無理しないでね」

エリーゼたちも嫌悪感《けんおかん》を隠さなかったが、手伝いを申し出てくれた。僕がやっているのに、自分らだけ逃げてどうするのかと思ったのだろう。

死んだ人の肉体は重く、血はヌルヌルして気持ち悪い。

何とか頑張って、全部布袋に入れることができた。

僕は魔法のバッグに入れていた大きな荷車を引っ張り出すと、そこの上に布袋を積み上げていった。

「生存者の方と、あとリフィーアも乗って」

「えっ、でも」

「ここから町までかなりの距離がある。その間に、生存者が体調を崩す危険性もある」

リフィーアはついてきた人の中で、唯一回復術を使える。この先何があるかわからないので、できる限り疲労させたくはない。

「ガオムたち。すまないけど、護衛《ごえい》をよろしく」

「了解した」

そうして僕は一人で重い荷車を引っ張った。

これだけの重さを引くとなると、とんでもない重労働だ。

「ゴホッ、ゴホッ、すまねぇ」

たった一人の生存者は、時折感謝の言葉を言った。その気持ちは嬉しいが、悠長《ゆうちょう》に聞いている余裕などなかった。

あの場所から町までの距離と、荷物があることを考えれば、半日以上はかかるだろう。

その間、モンスターに対してはほとんど無防備になる。

仲間らには常に警戒させておかなければならないな。

体から汗がにじみ出て、服を濡《ぬ》らす。

それすらも気にせず、僕は黙々《もくもく》と重い荷車を引いて前に進むのだった。

×　×　×

六時間ほど経った。完全に日が暮れ、周囲を暗闇が覆っている。

だが、僕はそれでも前に進むのをやめない。

血の匂いを嗅ぎつけてきたウルフを、仲間が追い払ってくれる。

テントで休むという選択肢もあったが、無残な遺体をこれ以上放置できないのだ。


そして、日が真上まで来る頃、ようやく町の外壁《がいへき》近くまでやって来た。

ここまで来れば大丈夫だろう。

僕は息も絶《た》え絶《だ》えに言う。

「すまないけど、冒険者ギルドに状況を伝えてきて」

生存者を病院に運んだり、遺体を埋葬《まいそう》したりするには、冒険者ギルドに所属している神官が必要なのだ。

「わかりました」

仲間らは急ぎ足で、冒険者ギルドまで向かっていった。

生存者が聞いてくる。

「ゴホッ、助かったのか？」

「町の外壁近くまで来ているから、もう大丈夫だ」

「そうか。あんたのおかげで助かった。無残に放置されずに良かったよ。死んだ仲間はしっかりと墓に入れる。ところで、あんたの名前は？」

「ユウキ」

「俺は……ウィドアット……だ」

そこまで言って、ウィドアットと名乗った男はむせてしまう。

「無理に話そうとしなくていい。話は治療を万全にしてから聞くから」

そうしたやりとりをしているうちに、町から人がやって来る。

その中に、ブルスッグもいた。

「ユウキ、よく戻ってきてくれた。あのときの判断は申し訳なかった。でも、複数のパーティのリーダーである僕には、あれ以上の答えが出せなかったんだ」

ブルスッグはそう言うと、死体が積まれた荷車を見て、ひたすら頭を下げてくる。

僕は首を横に振って言う。

「ブルスッグさんの判断に不満はありませんし、恨む気持ちもありませんよ」

僕でも同じような答えしか出せなかった状況だ。彼を責めるつもりなんてない。

「いろいろあると思いますが、話はあとでしましょう。それよりも」

「わかっているさ」

死体が入っている布袋と、ウィドアットを移動させないといけない。

死体袋は、大勢で一気に運んだ。

その後、疲れすぎた僕は軽く食事を取ると、そのまま宿屋の部屋に戻り、泥のように寝てしまった。

翌日、ギルド支部長のエーリッヒに呼び出される。

「大体の話は、ブルスッグから聞いています。まずはお礼の言葉を言わなければなりません」

エーリッヒ支部長は、僕に頭を下げようとする。

だが僕はそれを止める。

「僕は冒険者として当然のことをしただけです」

エーリッヒ支部長はそれでも頭を下げてくる。

「いえ、礼は言わせてください。ウィドアットらは経験豊富なベテラン冒険者パーティでした。それが壊滅したのです。彼だけでも救出したという事実は大きい」

「……あの人はどうなるのですか」

「彼は重傷《じゅうしょう》です。現在は治療に全力を注いでいますが……冒険者として復帰《ふっき》するのは難しいでしょうね」

やはりそうなってしまうのか。

傷を大まかに見たのでわかってはいたが、有力な冒険者が引退するのは、ギルドにとって大きな損失《そんしつ》だな。

「治療を終えたら、彼には新人冒険者の教官職を用意しようと考えています」

以前から打診《だしん》していたし、彼はそれを受け入れるだろう、とのことだった。

「運んできた死体はどうなりますか」

「それは、しっかりとした葬儀《そうぎ》をして、埋葬します。これまで長く貢献した冒険者たちなので」

そこで話を切られ、エーリッヒ支部長から紙を渡される。

「これは？」

「墓に埋葬する人たちの遺品《いひん》などを整理して換金した額です」

それを僕に受け取れ、ということらしい。

「あまりこういうお金は受け取りたくないのですけど」

「普通であれば遺族に渡しますが」

十五人もいたパーティの全員に家族が存在せず、皆独《ひと》り身だったという。さらに、ウィドアット本人が僕に手渡すように頼んだらしい。

「もう葬儀や治療に使う分は引いてあります」

そういうことならば、仕方ないか。

とりあえず、このお金は冒険者ギルドに預けておくことにする。

「それと……服装を整えてきてください」

この後、死亡した冒険者の葬儀を行なうそうだ。ウィドアットもまだ治療中なのだが、無理を押して葬儀に参加するらしい。

僕らがそれに出ないというのは、薄情《はくじょう》だろうと思う。全員葬儀用の服など持っていないので、服屋で借りられるように手配することにした。

続いて、エーリッヒ支部長は急に話題を変えてくる。むしろこっちが本当に聞きたかったこととも言える感じだ。

「君は、天候の変化を予期予測することが、可能なのかい？」

こちらの世界では、天候の変化は予測できず、神が決めるものだと信じられていた。

しかし、僕はその常識をあえて無視して発言する。

「天候は、すぐさま変化するのもあれば、時間をかけて変わることもあります。これは世界の営《いとな》みの一部であって、偶然《ぐうぜん》ではありません」

「……どういうことかな？」

「天候の予測は学問なのです。学ぶべきことを学び、調べることを調べれば、ある程度予測できるということです」

ザワザワ。

僕の発言に、周囲のギルド職員たちがざわめく。

「結局、君は天候の予測ができると」

「はい」

「なら、それを修得させることは可能か？」

ここで僕は少し悩む。

両親から教わった方法を、人に学ばせるために必要な時間を計算した。

「短くて十五年ほど、長ければ二十年は必要かと」

「判断するには難しい年月ですね」

ちょっと大げさに言いすぎたかもしれないが、それぐらい時間がかかるものなのだ。

物心ついた頃から教えられた僕でも、十年はかかっている。人に教えるとなれば、それ相応の時間をかける必要があるだろう。

「もっと簡単にできる方法はありませんか」

「それは無理です。目に見えない存在をどうやって見えるようにするのですか？　学問と言いましたが、学ぶのは自然の脅威《きょうい》そのもの。呪いや祈祷《きとう》ではなく、人の手で天災《てんさい》を回避したいのならば、努力が必要です」

そこで、全員が黙る。

エーリッヒ支部長は口を開く。

「……人に教える話は置いといて、本題に入りましょう。ユウキ」

「はい」

「あなたはどれぐらいの範囲で、どれぐらいの日数で、どれほどの確度《かくど》で予測できますか？」

僕はさらりと答える。

「距離にして三十キロ前後、日数は十日前後、確率はほぼ100％です」

「ほう、それほどならば、仕事はいくらでもありますね」

エーリッヒ支部長は冷静ながらも、とても驚いた顔をした。

彼はさらに続ける。

「ただし実績が必要ですね。ちょうど良い問題を我々は抱えているのです」

「問題……ですか」

「もうしばらくしたら、麦の収穫《しゅうかく》が始まります。しかし、ここの気候は非常に読みづらい。過去に、突然の大雨で壊滅的な被害を受けたことがあります。そこで、ユウキに依頼です」

エーリッヒ支部長がお願いしてきたのは、麦の収穫までの間の気候を当ててほしいというものだった。

僕は大きく息を吐く。

「ふむぅ」

「正直こちらでは、問題解決の糸口を見つけられないのです」

報酬は明確に計算し、支払うという約束だった。

特に不利益ではない。資金稼ぎとしては良い依頼だろう。

「わかりました」

僕は、引き受けると返答した。

「ただ、天候の変化は急なことも多く、場合によってはすぐに動かないといけません。なので、ある程度自由に動かせる人手を貸していただきたいです」

「わかりました。手配しましょう。では時期が来たら、正式に依頼させていただきます」

そうして僕は部屋を出るのだった。

「ユウキ、ギルド支部長からの話は何だったのですか？」

リフィーアが聞いてくる。

とりあえず椅子《いす》に座り、経緯をすべて話した。

「天候の予期予測ですか？　とんでもない無理難題《むりなんだい》を押しつけてきましたね」

「そうです。神が決めることを人が予測することなど不可能なのに」

「敬虔《けいけん》な信者でもそんなことは無理だぞ」

リーフィア、エリーゼ、ガオムがそう言うと、仲間全員が無謀だと断言した。こちらの世界ではそれが常識であろう。

でも、僕は違う。

「とりあえず、時期はまだみたいだけど」

「その間、どうするのですか？」

「農地の状況と広さを調べておくかな。農作物の中には天候の変化に強いのと弱いのがあるから、それを把握《はあく》しておかないといけないし」

それ以外にもやらないといけないことは山ほどあるかな。

リフィーアが口を開く。

「面倒な依頼ですね」

「まぁね」

報酬という見返りがなければ、やりたくなかったかもな。

×　×　×

ウィドアットのパーティメンバーの葬儀に参加するため喪服《もふく》に着替えた僕たちは、急いで葬儀が行なわれる場所へ移動した。

そこは、小さな礼拝所《れいはいじょ》だった。

すでに参列者が集まっていて、冒険者ギルドの職員や冒険者が数組いた。

「ユウキ？　ユウキか？」

車椅子に座っている男性から声をかけられる。

「もしかして、ウィドアットさんですか？」

「そうだ」

治癒術師の治療が功《こう》を奏《そう》して、外見はかなり良くなっていた。だけど、まだ万全ではなく車椅子が必要なようだ。

僕は笑みを浮かべて、ウィドアットに話しかける。

「治療が上手くいったのですね」

「ああ。あのときは視界が朦朧《もうろう》としていて、まともに見える状態じゃなかったが、今はしっかりと見える」

「それは喜ばしい」

「こうしてしっかりと見ると、お前さんがとんでもなく強いのがわかるよ」

経験豊富なベテランだけあり、武力の見極めができるらしい。本人も負傷する前はかなり強かっただろう。

「すみませんが、そういった話はあとでしましょう。ここは礼拝所ですし、葬儀の場でもある」

「そうだったな。今は仲間らの葬儀をしっかりと行なうのが礼儀《れいぎ》だ」

それからしばらく待っていると、神父服を着た壮年の男がやって来た。

「静粛《せいしゅく》に。今から、勇敢《ゆうかん》に戦い散《ち》った冒険者の葬儀を始めます」

こちらの世界は多神教で、祀《まつ》る神々によって葬儀の仕方に差がある。

大体は、まず神からの言葉をもらい、名前を読み上げて、安らかに眠ってもらうように言葉を唱《とな》えて黙祷《もくとう》。それから墓の場所まで移動するという流れになる。

なお、こちらの世界では火葬はほとんど行なわれない。

丁重《ていちょう》に遺体を墓穴《ぼけつ》に入れ、そこに花をたくさん入れる。神父が冥福《めいふく》を祈り終えると、土をかぶせて埋めた。

最後に、名前を刻《きざ》んだ墓石を立てていく。

簡素《かんそ》なものだが、こちらの世界ではモンスターがいて、死亡率が非常に高いのだ。運が悪いと、一つの町で日に三桁《けた》以上の死人が出ることもある。そうした事情もあって、葬儀は簡略化《かんりゃくか》された形が多いのだろう。

僕としては、要点を押さえていて便利だと思う半面――個人の尊厳《そんげん》をちょっと軽く見ているとも思える。

ちなみにこちらの世界では、葬儀のあとに食事は取らないし、酒も飲まない。死者の冥福を祈っているのに、現世の人間が騒ぐというのは不謹慎《ふきんしん》だからだそうだ。

「これで死者はすべて墓に入りました」

あとは、数分間の黙祷をして終わりだ。

参加者の中には取り乱して泣いている人もいた。皆、人柄が良くて優秀だったと聞くし、天に旅立つのを惜しいと思っているのだろう。

葬儀が終わり、解散となった。

喪服を服屋に返しに行こうとして――

「ユウキ、すまねぇが、付き合ってくれ」

ウィドアットに止められた。

何でも、ギルドの職員らが僕に話を聞きたいらしい。なお、仲間たちの同席は認められないとのことだった。

「わかりました」

特に断る理由もないので、僕は仲間たちに先に宿に戻ってもらうと、一人で行くことにした。

「それで？　お話とは」

僕がそう尋ねると、ギルド職員が口を開く。

「ウィドアットのパーティがなぜ壊滅したのか、その状況を再確認する必要があり、あなたに意見をお聞きしたかったのです」

ギルド職員から全員に、報告書が渡される。エーリッヒ支部長も同席していた。

僕は、自分なりの考えを伝える。

「原因は二つ。雨と土です」

現在の季節は、雨季に入る前。気候的には穏やかで温暖《おんだん》である。だけどその分、モンスターが活発に動きやすい時期でもあった。

僕はさらに続ける。

「ウィドアットさんの証言により、突然の大雨で視界が遮《さえぎ》られ、大量の雨水のせいで、足場が半沼地となったことがわかっています。これがパーティ壊滅の元凶《げんきょう》です」

エーリッヒ支部長もその他のギルド職員も、真剣に聞いていた。

「季節的に突然の雨は降ることはあります。普通なら、その予兆《よちょう》があるのですが……」

だけど、ウィドアットのパーティはその予兆を見つけられなかった。

雲行きも怪しくなくて、湿気《しっけ》もほとんどなく、雨が降るなど考えていなかったのだ。

それで、まだ日が暮れる時間でもなかったので、そのまま狩りを続行している最中、大雨に襲われた。

足場が沼と化したところに、モンスターの襲撃を受ける。

熟練《じゅくれん》のパーティでも、そんな不利な状況でモンスターと戦うなど自殺行為。逃げることもできず、そのまま壊滅となったのだ。

「ふむ。これは冒険者の生死を大きく分ける、重要な問題ですね」

ギルド職員はそう言うと、大きくため息をついた。

暑さ寒さ、雨量などに合わせて、町の産業は運営されている。農業などは天候の影響を受けるため特にそうなのだが、こうした突然の雨は予測できない。

モンスターと戦うときも、作物を育てるときも、天候は無視できない重要な要素なのだ。

「……これはどうしたものでしょうかねぇ」

ギルド職員たちの顔色は良くない。

一人のギルド職員が意見を口にする。

「これは、以前から冒険者ギルド全体が懸念《けねん》していたことです。やはり天候を予測できる人材の選出を進められるべきかと」

そこへ、別の職員たちが口を挟む。

「言うは易《やす》し、行なうは難《かた》しだろ？　この地に長年定住している俺らだって不可能だ」

「天候の変化は、人の目には見えづらいからな」

その場にいたほぼ全員が、否定的な意見を口にした。

エーリッヒ支部長はざわめく周囲を静かにさせると、僕のほうへ視線を向ける。

「その可能性を持った人材が一人ここにいます。そこにいるユウキは、この前の討伐の最中、誰も予測できなかった雨の降る可能性を一発で当てたと報告が入っています」

エーリッヒ支部長は笑みを深めて続ける。

「優秀な冒険者ユウキに、ギルド支部長として問います」

どれぐらいの範囲で、どんなことが起こるのか、またどれぐらいの確率で当てられるのか。

以前してきたのと同じ質問だった。

僕の口から、ここにいる者たちに聞かせるつもりなのだろう。

「……」

僕は少し黙る。

「ユウキ。天候というのは、冒険者ギルドですら長年解決できなかった難題《なんだい》でした。この話は絶対に他言無用《たごんむよう》として、本当に信用できる人物にしか情報を教えないと約束します。どれほどの予期予測ができるのですか？」

全員の視線が集まる。

まるで藁《わら》にもすがるような視線だ。

「僕は両親から『論より証拠をもって納得させろ』と育てられました。なので、今度受けることになっている、麦の収穫時期の天候予測で、すべてを証明したいと思います」

大げさなことを言ってしまったが、まぁいいだろう。

実は、爵位の授与のために、ユーラベルクという都市に向かわなければならないことになっていたので、うかつな約束はできないのだが……

それはさておき、僕にははっきりさせておかなければならないことがあった。

×　×　×

私、リフィーアが宿屋に戻って待っていると、ユウキが戻ってきました。

なお、この宿屋に泊まっているのは、私とエリーゼたちだけで、ユウキの臣下の方々は別の宿に泊まっています。

ユウキが真剣な表情で問います。

「僕についてこられるのか？」

「それは、どういう意味なのでしょうか」

それからみんなで考えました。

ついていけるのか、できないのかについて。

その答えはとても簡単なことだと思うのだけど――

「この前の死体運び。冒険者にとってああした仕事は決して珍しいことではない。時により、場合により、よく発生することがある。それをこなせるのかどうかってこと」

「それは……」

全員、眉をひそめました。

あんな生々しくて酷い死体を見たのは、初めてだったのですから。

ちなみに冒険者の仕事には、戦死者の移送や埋葬なども入っているそうです。

ユウキが言ってることは、「今後、こんなことは日常茶飯事になるから、処理できるのか」ということだと思います。

今回は吐き気《け》を抑えて何とかしましたが、大半のことはユウキ一人に任せてしまいました。

死体の生《なま》ぬるいドロッとした感触……気持ち悪くて仕方がなかったです。何度も手を洗ったほどでした。

「明言するのは嫌だけど、言っておかないといけないことだから。ついてこられないのなら、ここで別れたほうがいい」

さらにユウキは続けます。

「僕は、ついてこられる人間の面倒しか見ない、僕のやることに口を出されるのも大嫌い。結果をもって人を黙らせる。僕に不満があるのならハッキリ言ってほしい」

「……」

全員無言でした。

ユウキがこんなに強い口調《くちょう》で言ったことなんて、これまでありませんでした。

「すまないけど、数日以内に決めてほしい」

そう言うと、ユウキは部屋を出ていきました。


「どうしましょうか？」

ユウキと話をしてからすぐ、エリーゼたちと話し合うことにしました。

「ユウキは『ついてこられないのなら、ここで別れたほうがいい』と言いました。これはいったいどういうことなのでしょうか？」

私は、ユウキが突然態度を変えたことに驚いていました。これまで親しくしてたのに、まるで別人のように険《けわ》しい顔でした。

エリーゼが答えます。

「そのままの意味だと思いますね。先の死体運びでは、私たちは怯えて大した仕事をしなかった。それが気に障《さわ》ったんだと感じます」

「でも、そんな仕事は嫌がるのが普通でしょう？」

私がそう言うと、エリーゼは首を横に振りました。

「ユウキにとっては、ごく当たり前のことであるのでしょう。過去に何があったのかは知りませんが、あれほど凄惨《せいさん》な場面も経験済みなのかもしれません」

それからエリーゼは、ユウキは冒険者としてやるべき仕事をしただけであり、私たちのほうが軟弱者《なんじゃくもの》だと言いました。

リラ、フィー、ミミも自分たちの意見を言います。

「この先もユウキに付き合っていれば、もっと大きな町や都市などに行って、仕事をこなすことが多くなるはずです」

「そうですね。あれだけの戦闘能力なら、引く手数多《あまた》です」

「それ以外にも、料理や解体などにも優れている。これで誘いが来ないほうがおかしい」

三人の意見をリラがまとめます。

「……どう考えても私たちじゃ釣《つ》り合わない」

彼女たちは、ユウキとの実力差を痛感《つうかん》しているようです。この前も、ユウキはほぼすべてのモンスターを先制攻撃で倒していました。

私は、リラたちに向かって言います。

「ユウキの言葉を思い返してください。『役に立つか』ではなく『ついてこられるのか』と言いました。能力の有無ではないのです」

「どういうこと?」

私はさらに続けます。

「能力だけなら、他にいくらでも高い冒険者はいます。ユウキがその気になれば、すぐに集まるはずですし、私たちを追い出しても問題にならない」

彼はそんなことなど構わずに、私たちをそばに置いてくれている。

「私たちに利用価値があるとか？」

特に外見が良いわけでもないし、性格だって普通、生まれは皆貧しい子たちばかり。とくに目立つような特徴《とくちょう》はありません。

「おそらくですが、そうした要素はユウキにとって見るべき価値もないものなのでしょう。求めるのはただ一点だけです」

自分のやることに、絶対に不満を言わない。文句を言わずついてくることだけ。

それだけという恐ろしく単純な思考。

「で、あれば」

「うん」

全員一致で、ユウキについていくと決めるのでした。

×　×　×

俺、ガオムは仲間たちを前にしながら頭を抱えていた。

つい先ほど俺たちはユウキの訪問を受けた。それで、試すように問われたのだ。次のようなやりとりがあった。

「それで、これからどうしたいのかを聞きたい」

「どうしたいかというと？」

「家臣入りしてもいいけど、条件を呑んでもらう」

「条件ですか？」

ミオは不思議そうな顔をしている。

他の皆も同様だった。

「僕は、僕のやることに誰にも口を出させない自信がある。論より証拠をもって、有無を言わせず押し通す。この前の死体処理のように怯えて避けようとするならば、追い出すしかない」

「……」

この前の死体処理は、ほとんどユウキ一人に任せていた。

ユウキはさらに続ける。

「これまでどういう人生を歩んできたかは知らない。でも、あれぐらいで逃げ出すようでは、他の道を探したほうが良い。昔のパーティに戻ってもいいかもしれない。今後、場合によっては、相当な敵を倒さなくてはならないから」

ついてこられないなら逃げても良い、そうなったら面倒は見ない、ということらしい。

「これから嫌なことも辛いこともたくさんやって来る。それでも僕についてくるなら、それ相応の行動で示して」

俺は尋ねる。

「それは、場合によれば盾になれと」

「そういうこともありえる。期限はないけど、決めるなら早いほうが良い。後々になって、気が変わったという言葉は聞きたくない」

そう言って、ユウキは部屋を出ていった。


「さて、どうしようか」

冒険者ギルドからの命令で、ユウキに家臣入りすることになった。

だが正直、ユウキについていけるのかどうか、大きな疑問がある。信用できないとかそういうのではない。単純にユウキが強すぎるのだ。

古の特化戦士のような戦闘能力――次々と敵を倒す姿には、恐怖すら覚えた。その気になれば、出世などいくらでもできるはずだ。

「昔のパーティに戻っていいとも言われたしな」

俺がそう言うと、ミオとリナが首を横に振る。

「私は嫌です。ユウキ以上に強くて頼れる方はいません」

「そうですね。死体処理など戦いになれば付き物。それで逃げ出しては冒険者の意味がない」

二人は、ユウキについていきたいようだな。

続いて、リシュラとリシュナが言う。

「ユウキは爵位を受け取る町に着いたら、私たちに家を建《た》てる知恵を貸すと約束してくれました。それから判断しても遅くはないと思います」

「そうですね。ユウキが渡してくれるお金がないと、生活が成《な》り立ちませんし」

先ほど別れる前、ユウキは金を渡してくれたのだ。

ズッシリと重い革袋の中には、これまでの働き分と当分の間の前払い金が入っている。

中を見てみたが――予想を遥《はる》かに超える額が入っていた。

実は俺たちは皆、貧しい家の出だ。

俺、ガオムの家は軍人家系で、父からあまり面倒を見られることなく育った。それで自力で食っていくために冒険者になった。

リシュラとリシュナは、商人の愛人の子だ。さして裕福《ゆうふく》ではないため良い縁談《えんだん》が来ることもなく、冒険者になるしかなかった。

ウルリッヒは貧乏学者の子で、勉強を続けるためには金が必要だった。

ミオは肉屋の娘。幼い頃に学んだ解体技術で食うため、冒険者をしている。

リナは貴族の陪臣《ばいしん》の子で、貧乏貴族の陪臣なので、その日の生活すら難しく家を出たという。

こんなふうに各々《おのおの》の境遇は違うが、貧しいのは皆一緒だ。それでもできる限り努力をして、冒険者として良い評価を得てきた。

俺の意見を言えば、ユウキの行動にはついていけないと感じている。

冒険者として上手くいっているのに、ユウキにつく必要もない。

でもその一方で、これは千載一遇《せんざいいちぐう》の好機かもしれないとも思った。ユウキは、大きな何かを成し遂《と》げてくれそうな予感がするのだ。

俺たち全員は悩みに悩んだが、結局、ユウキの未来に賭けることを選択した。

×　×　×

翌朝。

「答えは出た？」

「「「「はい！」」」」

リフィーアたちもガオムたちも、全員ついてきてくれるらしかった。皆それぞれに悩んだようだけど、覚悟の確認ができて良かったと思う。

僕は、みんなに向かって言う。

「よし！　それじゃここでの仕事は終わったから――」

行かないといけない場所へ向かおう。

「ここから北東に長距離馬車を乗り継いで、都市ユーラベルクに行こう。そこで爵位を授与されるんだ」

リフィーアが間延《まの》びした声を出す。

「遠いですね～」

「爵位を与えられるのは、どうしても特別な資格がある人間しかできないからね」

少し長い道のりになるので、食料等は豊富に買い込んでおく。

「しかし、面倒だなぁ」

距離的な問題ではなく、別の問題を考えていた。

たぶん爵位を与えられると、貴族としての付き合いをこなさないといけなくなるだろう。繋ぎを作ろうと、あれやこれや渡そうとしてくるかもしれない。利を得る関係を繋ぐのは別に不満ではないけど――

「どうしたものか」

どうにも面倒な予感しかしない。

まぁ悩んでも仕方ないか。

とりあえず今は、無事に向こうまで着くことを優先するとしよう。

そうして全員で、長旅の準備を整えることにするのだった。


僕は冒険者ギルドへ赴《おもむ》き、エーリッヒ支部長に、爵位を受け取るためにユーラベルクへ行くことを伝える。

「戻ってきてくれるのですよね？」

「さあ」

エーリッヒ支部長は、どうやって引き留めようかと考えているようであった。

僕はそんな彼に告げる。

「本当ならここで結果を出したい。天候予測の件もありますし。でも、小さな場所より大きな場所で結果を出すほうが受けがいいし、功績にも繋がるから」

「確かにそうですね。その点についてはこちらからの一方的なお願いなので、とやかく言えません」

それからエーリッヒ支部長は「向こうでの活躍を期待している」と言ってくれた。

そこで僕はふと思いついて尋ねる。

「あの」

「なんですか」

「あの馬鹿勇者らはどうしてますか」

今後妨害《ぼうがい》してくると予想してるので、一応気にかけておく必要がある。

「報告は聞いてますが、あまりにも世の中が見えていない馬鹿な連中ですよ。多少腕に自信があればできる程度の依頼を大げさに吹聴《ふいちょう》したり、金をバラまいて豪遊《ごうゆう》したりと……はぁ、貴族連中は何を考えてるんでしょうかね」

エーリッヒ支部長は、いかに対処すべきか悩んでいるようだった。

あいつらは馬鹿なので、御輿《みこし》に乗せられていることに気づいていない。そして都合よく動かされていることも気づいてないだろうな。

エーリッヒ支部長は馬鹿勇者のことを忘れるように頭を振ると、僕に向かって言う。

「とにかく、安全な旅になることを望みます」

「いろいろと便宜《べんぎ》を図《はか》ってもらい、ありがとうございました」

握手を交わして部屋を出て、仲間のもとへと向かう。

「ユウキ様、旅の準備が整いました」

馬車のそばに、全員揃っていた。

今回の旅では複数の町や村を経由して、ユーラベルクまで向かう。

ユーラベルクは大きな都市で、大貴族が複数人で統治《とうち》している。様々な産業が発展している一方、大規模なモンスター討伐の最前線でもある。

常に優秀な人材を募集しており、結果を出せば貴族の専属になることも、家臣入りすることも不可能ではない――そんな出世が夢物語ではない場所なのだ。

それゆえ、優秀な冒険者が大勢滞在《たいざい》しているという。

僕はみんなに向かって言う。

「各自、リストに書いてある物は魔法のバッグに入れてるね」

「はい。ですが、なぜこんなに水が必要なのでしょうか？」

リフィーアが言うように、リストには水を多く用意するように書いておいた。

「人は空腹は我慢できるけど、渇《かわ》きは我慢できない。食料は途中で補給《ほきゅう》できるだろうが、水の確保は難しいんだ」

実際、水分が足りずパーティが壊滅するというのは珍しくない。そんなわけで、水はあり余るほど樽《たる》に詰めて購入していたのだ。

「備えあれば憂《うれ》いなしって言うでしょ。今は理解できなくても、あとでわかるから」

そんな会話をしつつ、馬車に乗ろうとしたときだった。

「ユウキ!!」

突然、大声で呼ばれる。

そこにはベルファストたちの他、ジークムント率《ひき》いるパーティがいた。声をかけてきたのは、ジークムントだ。

僕はため息混じりに口にする。

「……またお前らか」

ジークムントたちが声を荒らげる。

「あのときは、恥をかかせてくれたな！」

「よくも仲間を！」

もうホントうざい。

「で、何か用事なの？　これから移動しなくちゃいけないんだけど」

「話は聞いているぞ！　爵位を受けるためにユーラベルクへ行くとな。我々は非常に頑張っておるが、未だ冒険者としてのランクは底辺……それなのに、なぜ貴様ごときが貴族になれるのだ！」

――賄賂《わいろ》でも贈《おく》ったのか？　それとも誰かの弱みを握ったのか？

そんな下らないことばかり言ってくる。

別に僕は、貴族になりたいとは思ってない。冒険者ギルドで僕の評価が高いだけだ。こいつらからすれば、それが我慢ならないのだろう。

というか、こいつらを支援している連中は大馬鹿者だな。投資するにしても、もっと良い相手はいるはずなのに。

　さて、もうそろそろ馬車の出発の時間なので片付けないと。

「おい！　何とか言……」

「いい加減にしてくれない」

　罵詈雑言《ばりぞうごん》を遮《さえぎ》り、僕は断言する。

「もうお前らのご機嫌取りはする必要がなくなったの。情報や人脈も揃えたし、だから関わる気さえない」

　僕ははっきりとそう伝えた。

「貴様は勇者だろ！　勇者は勇者らしく行動するべきだ！」

　ベルファストが騒ぎ出した。

　勇者なんて、そちらが勝手に呼んでるだけだ。

　パーティメンバーだった当時、僕はベルファストたちが起こす問題のために手を焼いてきたのに、彼らはまったく理解していなかった。

　ファラとメルがこの場にいないということは、もう逃げ出したんだな。

「反逆者ユウキを始末しろ！」

　ベルファストがそう叫ぶと、全員が武器を抜いた。

　僕も、長く太い鋼の棒を引っ張り出す。そして、そのまま本気で地面に叩きつけた。

ドカーン。

「あ、あわわわ」

全員が仰天《ぎょうてん》している。

振り下ろした武器は、地面に大穴を空《あ》けていたのだ。

眼前の地面がクレーターとなり、それを見たベルファストたちは戦意喪失《そうしつ》している。敵全員、腰が抜けてしまったようだな。

「さよなら」

もはや用はないと切り捨て、僕は馬車に乗った。

×　×　×

「ユウキ様、あいつらは何だったのですか？」

リナが不思議そうに聞いてくる。

「由緒《ゆいしょ》ある貴族の末裔《まつえい》……らしい」

「らしい？」

「僕もよくわからない」

貴族から援助を受けていたことはわかっていたが、その中身については知らないことが多い。これ以上説明はできないとして話を終える。

たぶんあいつらは追いかけてくるだろうな。

ガタガタと揺《ゆ》れる馬車の中で、いろいろ考え事が多くなりそうだと思った。

第五章　事業に乗り出す

「ユウキ様」

「何かな」

リシュラとリシュナが質問してくる。

「私たち家臣に、家を建ててくださるとおっしゃってましたが、具体的にどうするのでしょうか」

「そうですね、何を考えているのかを聞きたいです」

前にそう伝えておいたんだった。

一応、家のプランは大まかに考えてあるが、まだ具体的な感じじゃない。

「それより、まずはお金だね。最優先で欲しいのは、長期的に利益を出せる仕組み」

「仕組み？」

どうも、その時点でわからないようだ。

「確か、二人の実家は商人だったよね」

「「はい」」

「物を売るときどこから仕入れているか、そして売るときにはどうするのか、それを考えたことがあるかな？」

「「え、えっと、それは……」」

　二人はここでつまずいてしまった。商人といえど、経済のことをしっかり学んだわけではなく、何となく理解しているだけなのだろう。

　どんな商品でも、売れるときと売れないときがある。世のニーズ、需要と供給のバランス、流行《はや》り廃《すた》り、そういった要因により商品は売買され、流通しているのだ。

　リシュラが自信なさそうに答える。

「……例えば戦士が多くいれば、装備が売れる。そういうことじゃないのですか？」

「大筋《おおすじ》としてはそれで説明できるだろうけど、細かい視点から見ると、いろいろあるんだ」

「いろいろあるんですか？」

「うん」

　僕の親族には様々な職業の人がいて、儲《もう》け方を熟知《じゅくち》していた。

　どうすれば利益を出せるのか、先手《せんて》を打って仕入れる商品は何か、売る相手は誰なのいる。

か——そうした勝負で勝ち続けている猛者《もさ》ばかりだった。

物心ついたときからそうした連中を相手にしていたので、僕はその影響を自然と受けている。

「お金持ちは、最初からお金があったわけではない。資産を増やす方法を考えたんだ。それが戦働《いくさばたら》きだったり、商売だったり、開拓だったりね。でも、元手がないときもある。そうした場合は方法を考えなくてはならない」

「では、ほとんど資産らしき資産がない私たちでも、儲かる商売があると」

リシュナの言葉に、僕は力強く頷く。

ガオムが尋ねてくる。

「ユウキ様、俺には武器を振るう以外取り柄《え》がないけど」

「それならそれで良いよ。将来は護衛兼《けん》兵士も必要だし」

続いて、ウルリッヒが申し訳なさそうに言う。

「僕は非力なんですけど」

「冒険者ギルドで推薦されたってことは、薬学の知識は身に付けてるんでしょ。だったらそれで良いじゃない」

今度はミオが問う。

「わ、私はどうしたら良いのでしょうか」

「君には解体技術をもっと深く知ってもらう。吊り上げ式解体を覚えれば数段上にいける」

そんなふうにして、僕はメンバー一人ひとりと向き合い、今後すべきことについて、大まかな方針を聞かせていくのだった。

一時間後。

「ざっとこんな感じ」

「すごいですねぇ〜」

全員が羨望《せんぼう》の眼差《まなざ》しを向けてくるけど、視線が痛いなぁ。

「ともかく、向こうに着いたらすぐさま事業を始めよう。元となる資金は僕が出す」

最初は、僕が直接見てあげないと駄目だろう。でも軌道《きどう》に乗ったら、あとは他の人に任せるつもりだ。

とりあえず皆にはお金を稼いでもらわないとね。

そうして馬車は進んでいった。

×　×　×

半月後、馬車はようやくユーラベルクに到着した。

「やっと到着～」

こちらの世界の道はあまり平坦《へいたん》ではないため、ガタゴトと揺れることが多い。全員ずっと狭苦《せまくる》しい馬車の中にいたので苦しかったようだ。

みんな外に出て、体を動かしている。

リナが尋ねてくる。

「ユウキ様、これからどうしますか？」

「まずは冒険者ギルドに行こう」

もう連絡はいってるだろうけど、確認を取る必要がある。

「すごいですねぇ～」

リフィーアがユーラベルクを一望して感激している。

皆、ここまで大きな都市は来たことがないみたいだった。大きな道路が通り、その両脇には無数の店、そして数えられないほどの人々。

さすがに都市なだけはあった。

人の群れを掻き分けながら、僕たちは冒険者ギルドの建物まで向かう。

「うわぁ～」

建物はかなり立派だった。

大抵の冒険者ギルドは割とこぢんまりした感じなのだが、ここは相当な大きさがある。

モンスター討伐の最前線なだけはあるな。

扉をくぐって中に入ると、外観《がいかん》同様に室内も広かった。

すぐさま受付まで向かう。

「いらっしゃいませ。本日はどのような用件でしょうか」

「冒険者のユウキが来たと言えば、わかるはずだけど」

「ユウキ様ですか？　確認を取るので少々お待ちください」

爵位の件は伝わっているはずだった。僕らは席に座って待つ。

数分後。

「お待たせして申し訳ありません。ユウキ様、ギルド支部長がお待ちしております」

ここからは一人だけで行くことになった。

受付嬢《じょう》に、奥の部屋まで案内される。

「ギルド支部長、ユウキ様が来られました」

コンコンとノックする。

「入りなさい」

声からすると意外にも女性のようだった。最前線のギルドなので、貫禄《かんろく》ある男性がトップを張っているだろうと勝手に思っていた。

「失礼します」

扉を開けて中に入ると、本当に女性であるうえに、かなりの美人である。

「初めまして。このユーラベルクの都市を任されているギルド支部長のリサ・グレッシャーよ。よろしくね」

「初めまして。ユウキと言います」

リサと名乗ったギルド支部長は僕に笑みを向けると、案内してくれた女性に言う。

「あなたは下がりなさい」

それから席から立って、僕に近づいてくる。

「へぇ、噂には聞いていたけど、本当に若いのね。外見も結構良いし、何より歴戦《れきせん》の猛《も》者《さ》って雰囲気がすごく出ているわ」

「そうでしょうか」

「まぁわからない人には、あなたの実力は永遠にわからないのでしょうけどね」

品定め《しなさだ》をするような、好奇心のような、よくわからない視線を向けてくる。

「フフッ、お姉さんみたいな色気《いろけ》は好きじゃないかしら？」

急に誘惑《ゆうわく》するようなことを言うリサに、僕は冷静に返答する。

「女性と関わるときは、本気のときだけです」

「あなたぐらいの年頃だと、ガツガツいくことが多いんだけど、まぁいいわ」

リサはそう言って笑うと、本題に入った。

「ここに来たってことは、爵位の授与のことね」

「はい」

「それ自体は簡単なものよ。一時間もあれば終わるけど……」

何か問題があるらしい。

「面倒なのは、寄り親なのよ」

貴族には爵位が上の貴族が「寄り親」となり、下の貴族の面倒を見る慣習がある。僕が貴族になった場合、それが少し面倒なようだ。

「あなたは過去に貴族と交流し、恩を売ったことを覚えているかしら」

「はい」

少し過去の話になる。

馬鹿勇者のパーティに所属していた頃、貴族と交流する機会がよくあった。大抵の貴族は頭の中身がない連中だったが、中には本物の貴族の誇りを持つ者もいた。

僕はそうした良い貴族と関わり、恩を売ったと言うと大げさだが、彼らのためになることをいくつかしたのだ。

リサは困ったような表情を浮かべて言う。

「あなたが何をしたのかは知らないわ。けど、彼らは冒険者ギルドにある意味圧力をかけてきているの」

「圧力ですか？」

「まぁ、可愛《かわい》いものだけどね」

貴族は、僕が爵位を受け取るようなことになったら、寄り親にさせろと言ってきていたという。しかも複数いるらしい。

「すでに送り出す人材から、嫁《よめ》に出す娘まで選別していて、万全の準備で待っている貴族家までいるそうよ」

「ええっ！」

「……困ったものね」

リサそう言うと、さらに続ける。

「とりあえず家名を言いましょうか。グウェンドリン公爵家《こうしゃくけ》、ヴァーガッシュ侯爵家《こうしゃくけ》、ホーリーヴェール辺境伯家《へんきょうはくけ》、この名前に覚えはあるかしら」

「ええ」

やっぱりこの三家か。

何となく身に覚えがあった。

「この三家が、あなたの情報を冒険者ギルドにもたらしてくれたのよ。その頃私たちは情報不足だったからありがたかったけど」

それで、僕がとんでもない功績を立てたと、ギルドの上のほうは驚いたそうだ。

「でね。三家の件も含めて、あなたの功績を考えると、伯爵以上まで上げないといけないの。だけど、いきなり伯爵まで上げるとうるさいのが多いから、男爵ということにしたわ。それでも数年後に子爵《ししゃく》、それから十数年後に伯爵ということは決定事項ね。ちなみに、これはあくまで平穏無事にということだから」

つまり、何もしなくても伯爵になってしまうが、さらなる功績を立ててしまうと、より上の爵位をもらうことになるらしい。

リサはため息混じりに言う。

「とりあえず、しばらくはここを拠点《きょてん》に何か活動してみると良いわ。利益になる話なら、冒険者ギルドは喜んで援助するわよ」

「ありがとうございます」

「で、何から始めるのかしら？」

さっそく尋ねてきたリサに、家臣入りした六人に資金力をつけてもらうことから始めたいと説明する。

すると、リサは心配そうな顔を見せる。

「資金力ねぇ……商売に手を出すってことかしら？　ここは大きな都市だから、競争も激しいわよ」

「そのほうが好都合なんですよ」

稼ぐだけなら、ライバルのいない地方のほうが安全だろう。でも、商売をするうえでしっかりと名を売っていくなら、人の出入りが多い都市のほうが望ましい。

実はすでにどのような商売をするのか考えていた僕は、リサに言う。

「用意してほしい物があります」

商売をするための建物、人員などが必要になってくる。

「それは、事業計画書を出してもらってからでないと用意はできないわ。ところで、どんな事業をするの？」

僕は何も説明をせずに、懐《ふところ》から小さな容器と皿を取り出す。そして容器に入っている液体を皿に出した。

「えらく透明《とうめい》な液体ね」

「舐めてみてください」

「――これは油ね！　なのに、油特有の臭さやえぐさがなく、ほんのりと甘い！　食用に幅広く使えそうね」

「そうです」

「なるほど、あなたはこの上等な油で商売がしたいのね。いいわ、特別にすぐに許可を出しましょう」

急に話を進めてくれたが、その代わりに、ギルドの料理人にこの油の製造方法を教えてほしいとのことだった。

僕はすぐに了承する。

「簡単に認めてくれるのね。この油は、今まで誰も彼も望んでいた代物なのに作れなかった、一種の革命よ」

「いいんですよ。この油の生産量を上げて、高い品質を安定して供給できるようにしたいと思っていたんです。それを冒険者ギルドでやってくれるなら、そのほうが手っ取り早いですから」

「ふうん。端《はな》から、この油の専売は考えてなかったというわけね。優れた戦士という評判だったけど、それだけではなさそうね」

リサは上機嫌に言うと、続けて尋ねる。

「先ほど建物が欲しいと言ってたけど、どのような立地が良いの？」

僕が物件の条件を伝えると、リサは目を見開いた。

「え、そんなわずかな土地で良いの？　この油を売りたいのなら、もっと良い条件の場所はたくさんあると思うのだけど」

「普通に油を売るだけならそうでしょうが、別の考えがありますので」

「……その顔は、何か企《たくら》んでいるようね。わかったわ」

リサは、条件に合う建物の権利が手に入るように手配すると言ってくれた。

「冒険者ギルドとしては、あなたには何としても商売を成功させてほしいわ」

「もちろんです」

「三家にはこちらから連絡しておくわね。爵位の授与も準備を整えるので、しばらく待ってて。」後日でいいから、事業計画書を一応持ってまた来てね」

そうして部屋を出て、仲間たちと合流した。

さ～て、これから忙しくなりそうだ。


翌日、僕はリサに計画書を渡す。

「とりあえず、大雑把《おおざっぱ》な計画なのですが」

「ふむふむ、なるほどね」

リサは、それを最後まで読んだ。

「商売の方向性がしっかり書かれているし、欲しい物はすべて書かれている。利益を出す方法が具体的に書かれているわね」

若いのによくここまで書けたものだと、リサは感心していた。

僕はリサに率直に尋ねる。

「それで、援助していただけますか？」

「もちろん。ここ最近、儲かる話がなくて困ってたところなの。冒険者ギルドは土地や建物を多く所有しているけど、なかなか借り手が見つけられないでいたのよ。それに利益を出す商売は、そう簡単に考案できないから」

僕がやろうとしている事業は、ギルドにとっても願ったり叶ったりだったようだ。

「で、いつ始めるのかしら？」

リサにそう問われ、僕は「早ければ早いほど良い」と答える。僕としては、もう必要な物は揃えてあるのだから。

「それじゃ、三日後にまた来てね」

そうして三日後。

ギルド職員の案内で、事業予定地へ案内される。

「建物はここです」

さっそく中を確認する。

「ふむ、水道設備は揃っているし、火を使う料理も可能と。中は広くて移動も問題ない」

結構上物の物件だった。

「ここは以前から押さえていたのですけど、表通りから外れているうえに、近所には酒場が多く、商売をやろうにもトラブルが多い。それで借り手が見つからなかったんです」

ギルド職員は嘆《なげ》くように言った。

良い物件なのに、周囲の環境《かんきょう》のせいで借り手が見つからず、管理費ばかりが増えて困っていたそうだ。

「本当にここでよろしいのですか?」

「もちろん」

僕が自信を持って返答すると、ギルド職員が言う。

「それでは、土地建物の所有権の書類に書いてください」

ギルド職員は書類を取り出す。

地理的な要素が悪いので、金額は思っていたより安値だった。

すぐさま名前を書き込む。

「これで契約は完了です。毎月決まった日ごとに、店舗《てんぽ》の使用料を冒険者ギルドに支払いに来てください」

「はい」

これでここは、僕のものになった。

店内はガランとしていて何もない状態なので、必要な家具などを持ってくる必要があるな。

僕は仲間たちに声をかける。

「それじゃ、皆始めるよ」

「「「はーい」」」

全員で、準備に取りかかることにした。

×　×　×

それから半月後。

「いらっしゃいませ。こちらは『ドッカン亭』です。ご注文はどうしましょうか」

「こっちは、油そばを四人前な」

「こっちにも追加」

「こっちも」

お店は客で満杯だ。

売り出している主なメニューは、前の世界であった油そば。

茹でた麺《めん》を皿に入れて、味付けした食用油に混ぜて食べるという、手軽な料理である。

ほんのりと甘い油が売りだが、さらに上にかけてある粉にも秘密がある。この粉を入れることで、味に複雑《ふくざつ》さが生まれるのだ。

客たちの前に、油そばが置かれる。

白い器の中で黄色い麺が輝き、真ん中には卵黄《らんおう》が載っている。客たちは油そばを混ぜ、美味しそうに啜《すす》った。

客たちが次々と油そばを平らげていく。おかわりの替え玉をする者も少なくない。

「リナさん！　急いで麺を茹でてください」

「わかりました。食べ終わったお皿は急いで洗ってください」

料理が得意なリナをリーダーにして、仲間たち全員で料理を作っている。もちろん、僕も店内を動き回っていた。

店内の作りには特殊《とくしゅ》な仕掛けがあって、客の回転をよくするために、テーブルはあっても椅子をなくしている。素早く作られ、素早く食べられる。落ち着かなそうな店だけど、それが奏功《そうこう》して繁盛《はんじょう》しているのだ。

近くに酒場が多いため、お酒を飲んだ帰りに寄るのにちょうど良いらしい。

また、この近くには鉱山関係で働いている人が多いので、ササッと食べられるというのが重宝《ちょうほう》されているようだ。

最初は興味本位の客ばかりだったが、味はそこらの料理よりも格段にいいし安いというのもあって、連日客が押し寄せるようになった。

やっと営業が終わった。

「お疲れ様」

「お疲れ様でした」

今日の売り上げの確認しよう。

金の入ったズッシリと重い袋が何個も並ぶ。

「麺は外部から調達しましたが、肝心の食用油と調味料はこちらで作っているので……うわっ、すでに賃料を払えますね」

リフィーアが嬉しそうに言う。稼いだお金を前にして、他のみんなも驚いていた。

リシュラ、リシュナ、ガオムがそれぞれ口にする。

「営業を開始してたった半月で、これですからね」

「そうですね。この金額なら、全員で分配したとしても相当になります」

「このままいけば、家を建てることも十分現実味があるな」

これで生活が楽になると、みんな大喜びだ。

「それじゃ、明日の営業の準備を終えてから店を閉めよう」

僕はみんなに伝えた。

そして、お金の入った袋を持って冒険者ギルドに向かう。店舗の賃料を支払ってしまおうと考えたのだ。

「もうですか？　まだ半月しか経っていませんが……」

ギルド職員が驚いている。

「支払えるなら、早いほうが良いに決まっているでしょ」

そう言って僕は、金の入った袋を職員に渡す。

「そ、それでは確認いたしますので」

ギルド職員は慌てて奥の部屋へ引っ込んでいった。

それからしばらくして戻ってくる。

「ユウキ様、代金の確認をし終えました。お確かめください」

机の上に書類が用意される。

それに書かれている内容と数字を確かめて、僕はサインした。

「次回の支払いは翌月です」

「わかりました」

「すみませんが、ギルド支部長の部屋まで来ていただけますか」

ギルド職員に言われ、リサのもとへ伺うと、彼女は呆れたように言う。

「ユウキ、物件の代金の支払い、ご苦労様。それにしても早いのね。一月も経たずに支払いに来るなんて」

リサは首を横に振った。

「問題ありますか?」

「まったくないわ。商売というのは計画通りに進まないのが普通で、いろいろ試行錯誤《しこうさくご》するもの。始めて間もない頃は赤字が出るのが普通だというのに、あなたはたった半月で経営を軌道に乗せてしまった……他の連中も見習ってほしいわ」

褒められすぎて居心地《いごこち》の悪さを感じ、僕はリサに尋ねる。

「それで、何の用件でしょうか」

「実はね、お願いがあるの」

もう一店出してもらえないか、という依頼だった。

リサがその理由を説明する。

「冒険者ギルドが世界中で活動していることは知ってるわね。それで、いろいろな人物を支援してるんだけど、必ずしも良い結果になっていないのよ。私たちもそうした問題を抱えていて、赤字を出し続けているのに、考えを改めない子がいるの。ギルドからも散々《さんざん》言っているのに、そいつらは耳を貸さず、財産を食いつぶしてるというわけ」

細かなところまで手が回らないというのは、大きな組織の宿命だな。

「さっさと潰れてもらってしまったほうが、こちらとしても楽なんだけど」

僕はリサに尋ねる。

「強引に店を奪えないのですか？　ギルドならできると思うんですか」

「もちろん、そうね。ただ、それだと騒ぐ者も多いのよ。反発を起こさずに潰すには、手順を踏まないとね」

リサによると、ギルドが潰したいと考えている店のそばで、僕に商売を始めてほしいようだった。それでその店を追い込んでほしいらしい。

「どちらにしても、荒っぽいですね」

「正直、規則に従って金を持ってくるまともな経営者が減っているの。経営者をふるいにかけたいというわけ」

「いろいろ騒動になりそうですが」

「仕方ないわ。優遇してるのに駄目な連中は退場してもらわないと」

やり方は強引だが、冒険者ギルドに貸しを作っておくのも悪くないか。

僕はそう考え、リサに言う。

「どこに店を出すのか、教えてください」

「やる気になったのね」

すぐさま机の上に、地図が出される。

「場所は、表の大通りの少し東側ね」

人通りはかなり多そうだな。

「すみませんが、実際に現地を見てからの返答で良いでしょうか」

「ええ」

僕の言葉に、リサは頷く。

油そば屋はもう軌道に乗っているから、時々見に行けば大丈夫だろう。人手に困れば冒険者ギルドに出してもらえばいいか。

さっそく現地を調べることにしよう。

そうして、僕は新《あら》たにお店を出すという場所へ、リサに案内されて向かった。

「ここが所有している物件よ」

その建物は人の動きが激しい場所にあった。

集客に向いた好条件の物件だが――

「ちょっと狭いね」

お店の規模はかなり小さかった。

さらに、両隣《りょうどなり》と正面に大きな飲食店がある。

「空いていた隙間《すきま》に無理やり建てたとしか思えないんだけど」

「ええ、そうなの。何度かお店を出したけど、長続きしなくて」

土地の値段が高く税金も高いため、狭さのわりに賃料を高くせざるをえないという。ギルドでも扱いに困っている物件だそうだ。

「どう？　商売できそう？」

ギルドとしては何とかしたいのだろう。ヤレヤレな問題だが――条件は決して悪いわけではないようだな。

「やってみます」

これぐらいの問題、自力で解決できないと両親に怒られるしね。

×　×　×

さっそく僕は、お店を始めることにした。

この狭さだと、店内に客を入れるような飲食店は向いてない。だったら調理場だけにして、持ち帰って食べてもらおう。

扱う料理は、歩きながら食える物が良いか。

肉が大量に購入できるので、串に刺してタレをつけて焼くか。タレは以前から作っていたのがあるから問題はない。

そんなふうにして、僕はお店の完成図を頭の中に描いていった。

五日後。

「いらっしゃいませ。串焼き店『バウアー』へようこそ。熟成《じゅくせい》された秘伝のタレをつけて焼いた肉の串焼きを売っています」

「三本くれ！」

「こっちは五本！」

「七本、いや。九本だ！」

お店の前には、長蛇《ちょうだ》の列ができていた。

こちらの世界にも串焼きはあったが、大半が塩味だった。タレを使っている串焼きもあったが、ごく一部だし高級店だったので、そこに目をつけたのだ。

庶民《しょみん》にも手が届く値段の、タレ味の串焼きは見事に当たった。

なお、タレはどんなに材料を工夫しても熟成させなければ美味しくならない。だけど、僕はそれをすぐさま手に入れられる知識と技術を持っていた。それを使い、数十年熟成したようなタレを生み出したのだ。

そんなわけで、他店で売られている串焼きとは、味でも歴然《れきぜん》とした差がある。

評判になるのに時間はかからず、日を追うごとに列が長くなっている。

営業時間は、日が昇り始めてから夕暮れまで。僕一人でやっているのだから、あまり無理はできない。

そうして一日の営業を終えて片付けていると、ギルド職員がやって来た。

「ユウキ様、申し訳ありませんが、冒険者ギルドまで来てください」

「何の用事？」

「少しばかり嫌な話でして」

表情が良くない。

冒険者ギルドの建物まで一緒に向かう。

「早くギルド支部長と経営者を呼べ！」

中に入ると、怒鳴り声を上げている男がいる。身なりが良いが……貴族だろうか。何であんなに騒ぎ立てているんだ？

それを無視して、リサの部屋まで向かう。

「ユウキ、新しいお店が軌道に乗って忙しいのに、呼び出してごめんなさいね」

リサはいつもの明るい表情でなく、面倒そうな顔をしていた。

「何なのでしょうか」

「実はね……」

僕が経営している二店の権利をよこせと、何者かが言ってきたそうだ。

「はい？」

意味がわからなかった。

「どういうことなのでしょうか」

要求してきたのは、貴族だという。権力を振りかざして、僕の店を強引に奪おうとしているようだ。

「何、ふざけたことを言ってるんですか」

「本当にその通りよね。世襲貴族は金にうるさいくせに、先を見通す目がない。投資して商売するのではなく、ひたすら金を貯めようとする者が多いから」

「自分で考えるのではなく、他人の物を奪い取れ、ですか」

「商売の何たるかも知らない馬鹿よね。仮にあの店を奪えたとしても、経営できるとは思えないのに」

二つの店で使っている材料には、僕でないと製造不可能な物がある。店の権利を手に入れたとしてもそれは手に入らないから、すぐに店は潰れてしまうだろう。

リサが提案してくる。

「油そば屋と串焼き屋の二店については、ギルドに直営店として面倒を見させてもらえないかしら？　そっちのほうが、こういう馬鹿をあらかじめ対処できると思うのだけど」

ギルドに入れる金額が少し増えるのは気になるが、トラブルが起きればギルドが解決してくれるから悪い条件ではない。

金額も許容範囲内だったので、お願いすることにした。

「じゃあ、数名ほど人材を派遣《はけん》するわね。直営店とはいえ経営にはいっさい口を出さないから。ユウキが生み出した知識や技術については、絶対に口外しないわ」

下手に調べようとして、僕に逃げ出されたら大損《おおぞん》だから、ということみたいだな。

「あの二店の収めてくれる金額は、今やギルドにとって貴重な収入源なのよ。大切に面倒を見させてもらうわ」

「それはそうと、騒いでた貴族はどうするのですか」

僕が問うと、リサはうんざりした表情で言う。

「追い出しておくわ。どうせ大して中身のない貴族でしょうし、いきなり乗っ取りをしようなどと、自ら能力がないことを証明しているようなものだからね」

役職を得たいのならそれ相応の努力をしろ、収入を確保したいのなら知恵を生み出せ。

能力主義の冒険者ギルドらしい答えだった。

×　×　×

その後、しばらくして僕に紹介してくれるという人材がやって来た。

「お入りなさい」

リサがそう言うと、三人の男女が入ってくる。

「右からバルクス、セレナ、ロジーナよ。能力、内面ともに優れた人材よ」

「「「よろしくお願いします」」」

三人は元気よく挨拶してくる。

でも、えらく若いような……

「年齢はともかくとして、この子らは何者なのですか？」

「実はね……」

彼らは、冒険者ギルドが運営している養育施設の出身者で、通称「幼年組」と呼ばれているそうだ。なお、それとの対比で外部からの人材を「外部組」という。

冒険者ギルドには様々な方面から人材が入ってくるが、それと同時に、人材の育成も行なっている。家庭環境の悪い子供や孤児《こじ》を引き取って教育を施し、職業支援までしているのだ。ただしそれが最近、上手く機能していないらしい。

昔は幼年組からギルドの要職に就《つ》いた人材もいたが、今日の就職率《しゅうしょくりつ》自体が低下しているという。これは、優秀な外部組が入りすぎていることが一因とのことだった。

リサはため息混じりに言う。

「外部組でも幼年組でも平等に見るという建前《たてまえ》があるのだけど……前者はコネも実力もあるから、配慮せざるをえないのよね。結果として後者は冷遇《れいぐう》されてしまっている。この状況が長年続いていて、何とか打開策を求めているの」

「つまり、幼年組の就職先がないわけですね」

「ええ」

リサは首肯《しゅこう》する。

現状ギルドで募集がかけられている職種は、危険な分野だけ。すべての幼年組が武芸に長けているわけではないから、半分近くが就職先がなく、諦めて農民になるしかないそうだ。

ヤレヤレだな。

「現在、就職先がない幼年組はどれぐらいいますか」

「そうねぇ」

リサによると、ざっと百人ほどとのことだった。

僕はリサに告げる。

「全員雇いますから、集めてください」

「えっ？　全員⁉」

リサはとても驚いていた。

良くても数人程度だと思っていたのだろう。

「ちょっとばかり準備期間が必要なので、まずは半数を雇います。残りは一月後に」

「そんなに雇ってくれるのはありがたいけど。二店舗ではそんなに入らないでしょう」

「なら、別の商売を考案すればいいだけです」

　リシュラ、リシュナ、ウルリッヒには、元から方向性が違う別の商売をさせようと考えていたから、その下に付ければ良いかな。

　しばらく僕が指揮を執《と》らないといけないだろうが、ある程度資金があれば、軌道に乗せるのは難しくないはずだ。

　さっそくみんなに伝えに行くとするか。

「えっ？　人員を増やすんですか」

　リナをはじめとして、全員少し驚いていた。

「そう」

「でも、まだこの店を開業したばかりですよ」

　リナに続いて、ミオとガオムが言う。

「ええ、もうしばらくこのままで良いと思いますが」

「そうだな、これ以上に手を広げても、上手くいくとは限らないし」

　二人とも反対意見のようだ。

　僕は、みんなに向かって言う。

「全員に家を建てさせると、僕は公言した。みんなにはそれぞれ得意分野があるけど、まだ活《い》かしきれてないと思うんだ。リシュラとリシュナは、品定めと売買の交渉に能力を発揮できるし、ウルリッヒは薬剤の知識が秀《ひい》でている。ガオムは武器を振るうことをもっと活かせるはずだ。今みたいに、油そば屋だけをやっているだけではもったいないと思う。だから、それぞれには別の道を進んでもらう」

リシュラが尋ねてくる。

「私たちが抜けたら、このお店が営業できなくなります」

「それはギルドの幼年組から来てもらうことにする」

僕が答えると、リシュナが言う。

「幼年組って確か、家庭の事情でギルドが養育することになった子供たちですよね。能力は問題ないと思いますが……」

どうにも不信感があるらしい。

「私たちと同じく外部組ではいけないのでしょうか?」

納得いっていない様子のリシュナに、僕は説明する。

「外部組は、コネで入ってくるのが多すぎるんだ。貴族の子息子女《しそくしじょ》や豪商豪農《ごうしょうごうのう》の子など。最初から高待遇《こうたいぐう》を求めてくるにもかかわらず、高い能力を持っているとは限らないし、場合によっては、君たちを追い出そうとするかもしれない。ここは忠実《ちゅうじつ》に動く幼年組から雇い入れて、ギルドに恩を売ったほうがいい」

「……」

今後、事業が拡大すれば人員を増やさざるをえない。そのときに、生まれが高い身分の者を雇えばどうなるのか――

「君らは『俺の親は貴族だ！　偉《えら》いんだ！』なんて喚《わめ》く連中と働きたいと思う？」

「絶対に嫌です！」

リナが悲鳴を上げた。

全員、貴族に好印象を持っていない。そんな連中など入れたくもないだろう。

それならば、幼年組のほうが扱いやすい。

ガオムが言う。

「ユウキの言いたいことはわかった。そういった生意気《なまいき》な連中は、俺たちの地位を磐石《ばんじゃく》にしたあとで入れたほうが良いな。しかし、それだけの人数を入れるとなると、油そば屋だけでは食わせていけないぞ」

さっきも言ったが、その点はしっかり考えてある。

予定より早いが、各部門を作り、そこに人材分けをするのだ。

ガオムは警備《けいび》部門、リシュラとリシュナは商業部門、ウルリッヒは研究部門、ミオは解体部門、リナは料理部門として、それぞれトップとする。

あとは入ってくる人材の適性を見て、大まかに基礎《きそ》教育して振り分ければ良い。

元ある二店はリナに任せて、新規の商売に着手することにした。

また忙しくなるなぁ。

×　×　×

それからしばらく経った。

僕は、その間に増えた各店舗を回っていく。

「ウルリッヒ、調子はどう？」

「ユウキ様、先ほど完成品ができました」

「どれどれ」

不思議な色をしたネバネバした液体だ。

手に取って確かめてみる。

「うん、これなら売るのに何の問題もないね」

「これはいったい何なのでしょうか？」

ウルリッヒには作るように指示しただけで、この完成品が何なのかをちゃんと説明していなかった。

僕は彼にヒントだけ教えてあげる。

「世の女性の大半が苦しんでいることを解決するお薬」

「はぁ」

「とにかく、すぐさま売れていくものだから。在庫がいくらあっても困らないから、ジャンジャン作りまくって」

このままこれを量産することを命じる。ちなみに、正解は肌の炎症《えんしょう》を抑える塗り薬で、炊事《すいじ》などで手荒れに困っている女性にもってこいの物だ。

次に行かないと。


「二人とも、お店の修理と改築の進行度は？」

「「ユウキ様」」

リシュラとリシュナは、修理中の建物の前にいた。建物の修理には、数人の大工が取りかかっている。

「元が倒産した商人の店だったので、ギルドの仲介《ちゅうかい》で格安で購入できました。さして状態も悪くないです」

「これならすぐに営業を開始できます」

リシュラに続いて、リシュナが答えてくれた。

「商品の供給具合はどう？」

「予定の量を確保しています」

ここは二人に任せていいか。

よし、次に行こう。


「ガオム、新人たちの訓練は進んでいる？」

「ユウキ様。こいつらはギルドでの訓練は受けているが、いかんせん実戦経験が足りない。当分は訓練だけだな」

「そっか」

「集団で行動するとなると、周囲の仲間にも気を配らんといかんし、動き方も変わる。満足に働けるようになるには、地道な鍛錬《たんれん》だな」

「すまないね」

「ユウキ様が心配することじゃないさ。こういうのは現場の人間が見るべきことだ」

十人ほどとはいえ、部下を持ったガオムは嬉しそうだ。

あとのことは任せていいかな。

ここは冒険者ギルドにある、モンスターの解体を行なう場所だ。

「ミオ、調子はどう？」

「ユウキ様、助けてください」

ミオは半泣きになりながら助けを求めてきた。

「どうしたの？」

「ユウキ様が発明した吊り上げ式解体台のおかげで格段に効率化が進み、時間短縮になったのはいいんですけど……」

そこには、僕が考案した解体台が十台もあった。

何でも作業が捗《はかど》る分、多く解体数をこなしているらしいけど――

「給料が増えていいことじゃない」

「それはそうですけど。こっちは新人の教育もしてますから、パンクしそうです」

ミオの下には、若い連中がついていた。

全員で解体をしている。

「私だってまだまだ修業不足なのに……」

「頑張れ」

一応励ましの言葉を言っておいた。

今は面倒に感じるかもしれないが、将来はもっと忙しくなると思うので慣れてもらうしかない。さて、最後の場所に行くことにしよう。

「リナ」

「ユウキ様」

リナは僕を見ると、深く頭を下げてくる。その場にいた他の従業員たちも同じように頭を下げてきた。

「今は営業中なので、あまり時間を取れませんが」

「気にしなくていいよ。営業のほうはどうかな?」

店の奥に行き、帳簿《ちょうぼ》を見る。

「順調に利益を出してるみたいだね」

「ええ。増やしたもう一店も好調です。その分だけ利益が出ています」

元の二店舗だけでは雇っている人たちを食わせていけないので、ギルドに頼んでもう一店増やしたのだ。

そこで売っているのは、前の世界の「かけうどん」。

うどん麺を茹で、だし汁を調合して混ぜただけのシンプルなうどんである。

こっちの世界には鰹節《かつおぶし》も昆布もないため、だし汁の配合は難しかったが、何とか売り物になる出来にはなった。

これが大当たりして、三店だけで満足な資金を生み出している。

従業員には、ギルドの幼年組を雇っている。

リシュラらの店やウルリッヒの助手となれる人材も入れないといけないので、将来的にはもっと大人数になるだろう。

「あの三人は?」

「非常に真面目に働いてますよ。これ以上の給金を出してくれる所などありませんしね」

バルクスらは新しく営業を始めた新店舗で一生懸命《いっしょうけんめい》だそうだ。

この分なら問題はないかな。

一気に金が出ていったが、一時的なものだ。すべての事業が上手く稼動《かどう》すればすぐに取り戻せる計算だ。

……っと、僕は僕でやることをやらないとね。

× × ×

「ユウキ様、本日分の帳簿の会計をお願いします」

「わかった」

リナが僕に資料を手渡してくる。

あれからしばらく経ち、僕は百人を超える人を雇った。

全員、冒険者ギルド幼年組出身者だ。

ギルドによる教育のおかげで、皆、基本的なことはできていた。共用語の文字の読み書き、数字の計算まで習得済みだ。

だがその一方で、どの子も個性や専門性に乏《とぼ》しい。そういったものは、今後伸《の》ばしていけばいいだろう。

僕は資料を見ながら、今後の指示を出す。

「えっと、こっちは問題なし。こっちは少しテコ入れが必要か」

ガオムの警備隊は装備などが不足しているうえに、モンスターとの実戦経験もないど素人ばかり。だから結果を出すのはもうしばらく先だな。

リシュラらの商店は開始して間もないから、物珍しさだけで売れている風潮《ふうちょう》が強い。

ウルリッヒの薬剤は、口コミが広がれば常時販売に踏みきる用意をしていいか。

ミオの現場では新しい解体方法をさらに広めたいが、いかんせん機器が足りない。リナの店は順調そのもので、手を出す必要はないな。

そうして書類を片付けていく。

「ユウキ、いる？」

「あれ？　リサさん」

仕事に没頭《ぼっとう》していたら、ギルド支部長のリサら数人がやって来た。

「あら、お仕事中だった？」

「別に構いませんよ」

ただの書類仕事だし。

「幼年組のことも、面倒をかけてごめんなさいね」

「いえいえ」

そう言いながら、僕はお茶の入ったコップを人数分出す。

ちなみにお茶は高級品だ。果実水もそこそこ高いので、大抵は水で済ませる。

「その分だとお店のほうは順調そうね」

「まぁそうですね」

僕が答えると、リサはさらに告げる。

「あなたが販売している見本品を見せてもらったわ。職人たちは目を白黒させてたわね。これほど合理的で、便利な道具など初めてだと」

前の世界のちょっとした生活用品と装飾品を、ギルドの職人に作ってもらったのだ。

ちなみにそれらは、リシュラとリシュナの店限定で販売している。販売数は日を追うごとに増加傾向にあった。

「職人たちが抗議《こうぎ》に来たわ。販売を許可してほしいと」

「今は駄目です」

「そうよねぇ」

僕が開発した商品は、現時点ではこの町限定でしか流通していないが、広く知れ渡れば誰もが欲しくなるだろう。

「で？」

何か用事なのかと。

「そうだったわね、用件を言わないと」

リサはそう言うと、小箱を僕の前に出した。

「これって……代爵《だいしゃく》の紋章《もんしょう》ではないですか」

代爵とは、ギルド特有の代理貴族爵位のことである。

正式に貴族の爵位を授与する前に、本当に貴族に値するかを試す準備期間の者に与えられる爵位で、貴族見習いのようなものだ。期限が決められていて、正式な貴族よりも裁量《さいりょう》権《けん》は少ない。

リサは告げる。

「ユウキに爵位を与えることに反対する者は皆無。でも、冒険者ギルド古来の制度で、貴族位授与の前に代爵に任ずることが慣例なのよ」

「なるほど」

そういう事情ならば問題はないか。

僕が小箱を受け取ると――

「でね、ここからが本題なのよ」

リサは真剣な眼差しを向けてきた。

「何か依頼ですか？」

「実はねぇ。近くのとある農村が、年々人口が減っていて労働者不足になりつつあるの。そこにも代爵がいるんだけど、私の近縁《きんえん》でね。身内として何とかしてあげたいの」

「そういう個人的な事情を介在させるのは、あまりよろしくないかと思いますが」

「でもね、私も準男爵位を持ってるんだけど、村を放棄させるとその分だけ失点になる。今後私が出世するためには、何とか村を再建させたいのよ」

だが、誰に相談しても、首を縦に振ってもらえなかった。

それで僕を頼ってきたと。

「ねぇお願い？」

この美人ギルド支部長の頼みを受けて良いものだろうか。

色香に惑《まど》わされたわけではないが――

「褒美《ほうび》は？」

率直に切り出してみる。

「そうねぇ……結果を出した場合、官僚への登竜門《とうりゅうもん》である、初級官吏《かんり》試験の一時審査を免《めん》除《じょ》してあげる、っていうのはどうかしら？」

「大盤振る舞い《おおばんぶ》ですね」

国を動かす官僚になる場合は、国と冒険者ギルド合同で行なうこの初級官吏資格試験に合格しなくてはならない。

なお、合格率は一桁パーセントという超難関だ。

リサはさらに告げる。

「言っておくけど、これは私個人だけの判断ではないわ。明言できないけど、私の背後には偉い方々がいて、ユウキにさっさと受けさせろ、と言われてるの」

リサはそう言うが、彼女の個人的な事情が結構入ってるよね。

僕は念のため尋ねる。

「本当に、約束が果たされるのですか？」

「残念ながら、今は口約束だけね。私の出した依頼の成果次第というところかしら」

なお、受けるか受けないかは、現場を見てから判断しても良いらしい。

仕方ない。

書類仕事を終えて、さっさと面倒事を終わらせるか。

僕は書類をまとめると、移動することにした。

第六章　村の復興

三日ほどかけて、依頼の村まで行く。

「すみません」

「はい」

最初に会ったやや年上の女性に尋ねる。

「この村を治《おさ》めている代爵様に会いたいのですけど」

「代爵様ですか。それならあの建物におられますよ」

指で村の奥にある住居を示した。

とりあえず道なりに歩いていけば良いらしい。そうして進んでいくと、少し大きめで良い感じの家があった。

コンコンとノックする。

「はい、何かご用でしょうか」

出迎えてくれたのは、いかにも小間使いという感じの女性だった。さっそく代爵に会いたいと伝える。

「いったいどなた様から紹介されたのでしょうか」

リサからもらってきていた紹介状を渡し、さらに胸に付けた代爵の紋章のバッジを示す。

「これはユーラベルクのギルド支部長のリサ様のお名前……それにそのバッジは！　だ、旦那様～!?」

女性は仰天し、大声を上げながら走っていった。

やれやれ、その慌て方はないと思うんだけど。

しばらくしてから、さっきの女性に応接間へと通される。水の入ったコップを出されて数分。扉が開く音がした。

「は、初めまして！　この村を治めている代爵のムルカ・グレッシャーです。よろしくお願いします！」

ガチガチに緊張した少年に近い男の子が現れた。何歳だ？

「初めまして。新しく代爵に任命されたユウキと申します」

ムルカという少年に自己紹介され、自分に家名がないのに気づいた。

相手がどうにも萎縮《いしゅく》しているというか、その点が気になるな。俺は怯えさせないように、笑顔で言う。

「同じ代爵ですので、気楽にしてください」

「は、はい」

「さっそくですが、冒険者ギルドからの依頼でこの村の現状調査と今後のことについてお話があります」

僕がそう言うと、ムルカの顔は真《ま》っ青《さお》になった。

「こ、今後のこと！　やはりこの村は潰されてしまうのですか⁉」

「違います」

紹介状を読むように促《うなが》すと、ムルカは恐る恐るといった感じで読み出した。

「……この村に産業を生み出して人を呼ぶ、ですか？」

「はい」

ムルカはあまり良い顔をしていなかった。

「僕らも以前から、いろいろ試してきました。特色のないこの村に何かないかと思って、ギルドから人材を派遣してもらったこともあります。でもまったく見つからず、何をしても長続きせず、すぐに取りやめになってしまいました。今さら何かあるとは思えませんけど……」

結構失敗をしているのだな。

ムルカはあんまり期待はしてないようだ。

「他人は他人、僕は僕です。とりあえず、村の現状の把握のため情報を提供してください」

「はぁ」

「ちなみに、ムルカさんはおいくつですか？」

「十六歳です」

同じ年頃か。

それにしては幼いというか、若作りというか。


さっそく資料を読んだり、聞き込みをしたりして、村の状態を確認した。

え～と、人口は四千人ほどか。えらく少ないな。

商《あきな》いをしている店は数軒で、どれも規模が小さい。何度か調査されたが、鉱物資源などはまったく存在しないらしい。

他の町や大きな街道とは随分と離れていると。

うわぁ、ほんと過疎《かそ》化してる村だなぁ。これは村を再建するより、住民を別の地域にでも移住させたほうが手間がかからない。

けれど、リサは何とかしてこの村を存続させたいと願っている。

一通り調べ終えた僕は、ムルカに尋ねる。

「ギルド支部長のリサさんとはどういう関係ですか」

「叔母《おば》です。年が近くて若いですけど、叔母は実力でギルド支部長の座を掴み取った優秀なギルド職員です。一方、甥《おい》である僕はそうでもなくて、叔母の下で働いていました」

「なるほど」

「僕らは元々はこの村の出身者です。幼少期に流行《はや》り病《やまい》で家族を亡《な》くして、叔母と一緒にギルドに引き取られたんです。幼年組の生活は楽ではなかったですが、でも飢《う》え死にはしないので、そこそこは良かったです」

「大変苦労されたのですね」

「ええ。でも、叔母がいましたから。何もできない僕を、叔母は必死に支えてくれました。功績を認められ、ギルド支部長になって爵位をもらった叔母は、僕を直属として下に置いてくれたんです」

リサの立派さに感心してしまうな。

「叔母の推薦で代爵になりましたが、周囲から非難《ひなん》されることもありました。身内びいきと。まぁこんな辺鄙《へんぴ》な村とはいえ、任される分だけ給金がもらえるので、その通りなのですが」

「正式に職業貴族になりたいとは思わないのですか？」

僕がそう問うと、ムルカは首を横に振る。

「僕程度では無理だと思いますね。任期を終えれば、平民に落とされるのは確実です。今は無駄な出費を抑えて、必死にお金を貯めています。平凡といえば平凡ですけど、それはそれで良いと思いますし」

ムルカはそう言って、寂しそうな顔を見せた。

そして無気力な笑みを浮かべて告げる。

「叔母に言ってくれませんか？　もうこれ以上僕の面倒を見ても仕方がないと。叔母の実力ならまだまだ出世するでしょうし、もっと優秀な人材をそばに置いたほうが良いんです。僕ごときが何かできるはずなどないですし」

しばらく沈黙《ちんもく》が続き、僕は言う。

「まだ諦めるには早いと思います」

「ユウキさんは優しいんですね。けど、平凡な能力しかない僕では何もできません。できれば生まれ故郷のこの村にいたいとは思いますが……」

話はそれで終わった。

僕は村の調査をするため、ムルカの家で寝泊りすることになった。

さて、どうするかな。

正直言って、今の状況ではこの村は程なくして潰れてしまうだろう。でも、まだ何かあるはずだ。明日からさっそくそれを探すことにしよう。

そうして僕は眠りにつくことにした。

×　×　×

翌朝、ムルカさんと一緒に食事を取る。

「ユウキさん、早く帰ったほうが良いと思いますよ。この村には本当に何もありませんから」

ムルカは卑屈《ひくつ》というか、本当に何もないと諦めている感じだ。たけど、僕にはムルカの言うようには思えない。

「僕はきっと宝物を見つけてきます」

そう言って、ムルカの家を出る。

まずは農地一帯を調査する。鋤《すき》を持って畑の近くを掘ってみると——

う〜ん、土には小石が混じっていて質が良いとは言えない。麦ぐらいしか栽培《さいばい》しようがないな。そこ以外にもいくつか掘ってみたが、変わりなかった。

次に水質を調査してみる。この近くには大きな川の支流があるので、水不足に陥《おちい》る心配がないことがわかった。

続いて気候。調べてみると、降雨量は十分あって温暖であった。

総合的に見て、農作物の栽培は難しくないが、他の場所より優れているとは言いがたい印象だった。

そうして夜まで徹底的に調べ上げる。

×　×　×

二日目は村の中ではなく、村の外に移動する。近辺の調査は何度も行なわれたそうだが、見落としがあるのかもしれないし。

近くの山間まで赴いてみた。地形はなだらかで歩きやすい。

鋤で掘ってみる。

「む！　これって」

質感の違う土を発見した。

さらに深く掘ってみた。

「お宝だ！　それもこんなに！　これならいけるぞ‼」

それは土の塊《かたまり》にすぎないが、僕にはわかる。

土を舐めてみる。

「前の世界と比べても上等だ。これならすぐに使える」

僕は大喜びして、その土を大量に持ち帰った。

「ユウキさん、いったい何をしているのですか?」

村に帰ると、僕は夢中になって土を詳細に調べた。

「粘土《ねんど》を見つけたんだよ。それもとんでもなく大量に」

「はぁ……それと今作っている物に何か関係があるのですか?」

「もちろん!」

「……」

ムルカはよくわかっていない感じだった。

その後、粘土を見つけた山間近辺に戻った。そこで石を積み上げて、大きな陶器《とうき》製造用の窯《かま》を作る。

さらに灰柚《かいゆう》の製作に取りかかる。配合の仕方は家族から教えてもらっていたが、こちらの世界の材料では変化すると思うので、少し変えながらいくつか試す。藁を燃やして藁灰《わらばい》にし、それを元に灰柚を作っていった。

それら準備を終えると、いよいよ陶器作りに入る。

クルクル回せる台座に粘土を置く。まずは土練りをしっかりと行ない、それから成形していく。

丸皿、四角皿、椀皿などを三十個ほど作り、それを平たい木の台に並べて乾燥《かんそう》させる。

そして数日後。

素焼きを行なう。火種となる藁と大量の薪を使い、窯の温度を素焼きに適した温度まで上げていく。

素焼きが終わり、皿が割れていないか確認するため取り出す。

「よし」

どれも亀裂が入っておらず、上等な物だった。

最後に灰柚で仕上げをする。一つひとつしっかりと釉薬《ゆうやく》をかける。

それを終え、いよいよ本焼きに入る。

「ここが一番難しいんだよね」

釉薬を塗った陶器をすべて窯の中に入れて火をつける。藁を入れ、薪を徐々に足していく。細心の注意を払って火の勢いを確認する。

数時間後、本焼きが終わった。窯から器を取り出していく。

一枚一枚慎重《しんちょう》に、地面に置いていく。

「おおっ！」

ヒビが入ったり、色が濁ったりしてしまった物が数枚あったが、ほとんどは素晴らしい

出来栄《できば》えだった。

僕はムルカを呼んでくることにした。

「見せたい物がある、ですか……」

「はい」

ムルカはさして関心を持っていなかった。その腕を取って足早に現場に向かう。

「え……これ、これって？　何なのですか⁉」

そこに並べてある陶器を見て、ムルカはとても驚いていた。

「さ、触ってみてもよろしいでしょうか！」

頷く。

「これは……何といいましょうか。質素でありながらも温かみがあり、何とも不思議な物ですね。見れば見るほど欲しくなってきます」

こちらの世界の器《うつわ》は基本的に木製なので、陶器はめったに目にしないようだ。

「じゃあ、さっそく報告に行きましょう」

「え？」

どうもわかってないらしい。

「リサに報告するんですよ。この村の新しい産業を、ムルカ代爵とユウキ代爵が共同で開発したって」

「え？　いや？　でも？　僕は何もしてないですよ」

「過程なんてどうでもいいんです。結果がすべてなのですから」

僕は、ムルカにユーラベルクのギルドまで持っていくようにと急《せ》かす。僕に追われるようにして、ムルカはギルドに向かっていった。

×　×　×

僕の名前は、ムルカ・グレッシャー。とある村を治めている代爵だ。

貴族といえば貴族だが、生活は平民と変わらない。

そもそも、生まれが良いわけではない。物心つく前に、家族の大半を病で亡《な》くしたのだ。それで、唯一の血縁者《けつえんしゃ》である叔母と一緒に冒険者ギルドに引き取られた。

ギルドの幼年組は、常に子供たちで溢《あふ》れている。不自由というわけではないが、遊ぶ道具にさえ困り、奪い合うような毎日だ。

保護する人数が多いので問題もそれなりにあるけど、決して悪い条件ではない。大抵の生活難民を受け入れているのだから仕方ない。

ある程度の年齢に達すれば、共用語の読み書きや数字の計算などを教わるようになる。

勉強ができようとできまいと、ギルドは成人まで面倒を見てくれるが、その後の進路は大きく明暗《めいあん》が分かれる。優秀な子には良い職が与えられ、そうでない子は単純できつい労働を強いられるのだ。

教育期間を終えると、社会に出ることになる。

冒険者となるか、職員となるか、まったく別の職業に就くか。運命の岐路《きろ》に立たされるわけである。

中には自ら進んでギルドを離れる者がいるが、そんなのはよほど優秀か、身のほど知らずの馬鹿だ。いや、そのほとんどは後者で、世の中がいかに危険に満ち溢れているのか、知らない連中だと思う。

僕の叔母であるリサはとても優秀だった。

幼年組に入ってすぐに基礎学問をすべて修《おさ》めて中級学問へ進み、成人前には上級学問の大半を修めた。

それにより、会計審査役職への推薦枠《わく》を与えられた。

叔母は幼年組を離れると同時に、ギルド職員となった。

その後、叔母は会計役としてとても優秀な成績を挙げた。そして準男爵位を授かり、ギルド支部長という大役を任されることになった。

一方、僕はというと、中級学問の修得に手間取った。

それで幼年組を離れて得た仕事は、ただのギルドの受付役。

他の過酷《かこく》な職よりは割が良いものの、平凡な仕事だ。


そうして半年ほど経った。

「ムルカ」

「リサ様、何かご用でしょうか」

ギルド支部長となったリサ叔母さんに呼び出された。叔母と甥の関係だが、上下関係を守って敬語で接している。

「今日からあなたを代爵に任命します」

「はい?」

その言葉の意味が、最初わからなかった。

叔母は続ける。

「派遣先は私たちの生まれ故郷よ。そこを統治し、結果を出しなさい」

「えっ? あの村ですか?」

僕の故郷である村は、流行り病で壊滅して以来、一度は復興したものの、産業が失われて人口が減っていた。主要街道から離れて立地が悪いため、村自体を潰し、住民に移住してもらう案も挙がっているとも聞いている。

そんな所を僕が統治する。

これは何かの試験なのか？　体《てい》の良い左遷《させん》なのか？　平凡に仕事をこなすしかない僕には、何も理解できなかった。

「わかったなら、さっさと移動の支度《したく》をしなさい」

「リサ支部長……いいえ、リサ叔母さん。これはいったい何の真似《まね》なのでしょうか」

「……」

「受付として平凡な仕事しかしていない僕に、代爵が授与されるのはおかしいです。それに村を統治するなんてできません」

他の人物を推薦してほしいと願う。

だが――

「ギルド支部長としての命令よ」

無情にも言い渡された。

「反論は大いにあるかもしれないけど、これはかなり無理なごり押しよ。二度とできないわ」

「ですが」

叔母ならともかく、僕ではどう考えても無謀だった。

「もうすでに書類は整えてあります。とにかく結果を出しなさい」

僕は頷くしかなかった。

近年、貴族が飽和《ほうわ》状態にあり、仕事がない無職貴族が増え続けている。そうした貴族が僕の故郷に目をつけていると聞いたことがあった。

叔母は、そうした状況に先手を打ったのだろう。生まれ故郷が潰されるのを良しとせず、僕を派遣することにしたのだ。

僕は、叔母の願いに応えるべく、僕個人の考えを押しつぶして従うことにした。

生まれ故郷に行き、状況を確認する。

幸い流行り病の危機は去っていて、平和ではあった。だが、高齢化、産業消失は深刻《しんこく》な状態だった。

知識も経験もない僕には、どうしようもなかった。

そうしているうちに、月日が流れていく。


「この村はやはり消えてしまうのだろうか」

状況は改善することはなかった。

このままでは村は閉鎖《へいさ》され、代爵位は失うことになるだろう。いろいろ調査したが、この村を発展させるような資源はどこにもなかった。

諦めてしまおうとしたとき――

「だ、旦那様～」

小間使いの女性が大慌てで部屋に入ってきた。

「あ、あ、あの、なの、なな」

「落ち着いてください」

女性を冷静にさせてから、話をさせる。

「えっと、その、来客です！」

「来客？」

「ユーラベルクのギルド支部長、リサ様からです。来られた方は代爵位をお持ちです」

こんな辺鄙な村に代爵が？

とにもかくにも、同階位なので失礼のないようにしないと。

そうして僕は、ユウキと名乗る方と会うことになるのだった。

×　×　×

私の名前は、リサ・グレッシャー。

ユーラベルクのギルド支部長を務め、準男爵位を持っているわ。

年齢は二十とちょっと。この若さとしては異例の早い出世だと言えるわね。ただ、私はギルドの幼年組出身者なの。

ちょっと昔話をするわね。

ギルドの幼年組には、数多くの子供がいたわ。で、たくさんいる子供たちの面倒を、たった数人の成人が見ているの。

ハッキリ言って、環境があまり良くないわ。

まぁ、難民だとか孤児だとかはどこにでもいるものだから、それらを引き取っていれば仕方ないと思うけど。

道具の取り合い、ご飯の取り合い、スペースの取り合い、子供たちは頻繁に争っていた。

それでも、飢え死にしたりモンスターに食い殺されたりはしない分、その生活でもマシでしょうね。

それで一定年齢までいくと、義務教育がやってくるの。

文字の読み書きから数字の計算まで、覚えさせられるわ。これが大変で、何しろ生まれが貧民なので基礎知識がないのよ。私にとっても嫌な時間だったわね。

え？　嫌なら逃げればいい？

そんなことできるはずがないわ。逃げて外に行けば、危険がそこかしこに存在するもの。子供ではせいぜい泥棒《どろぼう》になるくらいしか道はないでしょう？　それくらい誰でもわかってるから、嫌でも覚えるしかないの。

義務教育の初級学問をすぐに修めた私は、途中編入で中級学問へ進んだわ。

それで年上の子らに交じって勉強するようになると、周りの視線がよろしくないことを感じ取ったの。

嫉妬《しっと》、妬《ねた》み、好奇、いろいろな感情の視線。

成績によって将来が決まるから、皆必死にもなるわけ。こんな子供に競争させるなんて、酷い世の中と思うかもしれないけど、仕方ないのよ。

あとになって知ることになるんだけど、冒険者ギルドに外部から入ってくる人材の劣化《れっか》が酷いという現実的な問題が起こってたの。

優秀な者はすぐに役職に就けるからいいんだけど、酷いのは伝令役すらままならないレベル。特に世襲貴族が酷くて、その中身が最悪なことが常々噂になっていたの。

「貧弱《ひんじゃく》な低脳」「得るもののない荒野」「身勝手な生ゴミ」。そうした揶揄《やゆ》をよく聞いたけど、それがそのまま当てはまる人材が、現実として存在してるのよ。

貴族というのは本来、他者の模範《もはん》となり、人を導く資格のある人物。それなのに、ギルドに入ってくる連中ときたら、見ることすらも嫌になるほどに無能ばかり。彼らが口にするのは——

「役職よこせ」

「出世させろ」

「実績欲しい」

といった言葉ばかり。

そして、事あるごとに金を要求してくるわけ。なぜそんなことを言うのか問うと、「貴族の職責《しょくせき》だから」。完全なアホね。

優秀な人材もいることにはいるのだけど、先に挙げた連中がうるさく騒ぐので対応に困るの。中にはそれが嫌で辞めてしまう者もいるわ。

さすがにそうなると、ギルドとしても黙ってるわけにもいかず説教するけど——

「はぁ？　手前らのような小役人が、貴族である俺たちに逆《さか》らおうてのか！」

もう子供が駄々《だだ》をこねるのと変わらないわね。いや、それよりも始末に負えないわ。こいつらの身勝手さには呆れを通り越してしまうわね。

話が逸れたので戻すわ。

私は幼年組で上級学問の多くを修めて卒業したの。それですぐさま責任ある立場を持つギルド職員として働くことになったわ。

すると、こんなことが起きたの。

「なぁ、あんたがリサか？」

「そうですが」

数人の男が近寄ってきた。身なりからして、コネで入ってきた連中。

「今日から俺の愛人になれ」

「はい？」

愛人になれ？　何それ、求婚ですか？

「それで、俺に役職に就かせろ」

一方的な発言に、かな～りイラッと来たわ。でも、ここはギルドの職場。周囲からも冷ややかな視線が飛んでくる。

「何のために？」

「あん？　お前のような低脳では理解できんのか。仕事がないからだ」

仕事がない？　ふざけんな！　何もしてなければ仕事がないのは当たり前だろう。というか雑用関連の仕事が溜まっているはずだ。

私は、何とか切り抜けるべく言う。

「いったい何がお望みなのですか？」

「決まってるだろう。このギルド支部の実権《じっけん》を握り、差配《さはい》を振るう。それこそが、俺にふさわしいからだ」

最低の発言に、周囲が凍《こお》りつく。

それはつまり、ギルド支部長になりたいということか。

ギルド支部長の枠は非常に狭く、相当な実力者でなければなれないようになっている。

当時、私は次のギルド支部長候補《こうほ》として期待されていて、爵位授与も検討されていた。その権利を手に入れるため、こうして近づいてきたわけだ。

外見こそ良い感じだが、中身は最悪である。彼の頭の中身に、吐き気さえ感じた。

「なぁ、愛してやるからさ」

「……」

なるほど、外部から優秀な人材を求める反面、こうした劣悪《れつあく》な連中も来るのか。さぞギルドでは頭が痛い問題だろう。

幼年組の教育に力を入れているのは、こういう事情のわけだ。

なら、私の返事は決まった。

「あなた、何様のつもりですか？」

「え？　俺は貴族の」

「顔を洗ってきてから来てください」

その後、私は功績を認められてギルド支部長となり、爵位をもらった。

先の連中はまだどこかにいるそうだが、相手をする気にはならない。

しばらくしてから、甥のムルカをごり押しで代爵に任じ、生まれ故郷に赴任《ふにん》させたのは説明する必要はないでしょう。

そして、ユウキというとんでもない人材を派遣したことも。

「リサ様」

「どうしましたか」

「ムルカ代爵が参られました」

どうも慌てているそうだ。

私は心の中でニヤリとする。

この分では何か成果が出たということであろう。あの場所は何度となく調査をしたが、目ぼしい結果は出ていない。

そうして、可愛い甥が持ってきた物を見て、私は仰天した。

×　×　×

ユウキに叩きのめされたジークムントとベルファストらのパーティは、あの町で活動を続けていたが――

「金が足りん！　足りんぞ！　どうしてだ。あれほど獲物を狩ってきておるというのに！」

ジークムントは軽い金袋を握り締めながら喚いた。

ベルファストらを仲間に加えて活動を続けているのだが、その成果は芳《かんば》しいものではなく、常に金不足だった。

それもそのはず。

何も考えずに豪遊と散財《さんざい》を繰り返せば、あっという間である。

冒険者としての技量も決して高くなく、モンスターを探し出す能力も未熟なうえに、後先考えずモンスターの素材をボロボロにしてしまう。そんなだから、冒険者ギルドに持っていっても買い叩かれる。場合によれば、買取を拒否される始末だ。

冒険者ギルドから嫌な顔をされているのに、「貢献している！」という偉そうな態度で、被害者面《づら》しているため、評判は非常に悪い。

彼らの、特権階級待遇を約束されていると言わんばかりの言動に、周囲の目は冷ややかであった。

冒険者ギルドは、明確な実力主義を採る組織である。なので、結果を出せる人材を厚遇《こうぐう》しているし、そうした人材の目利《めき》きも常に行なわれている。

ベルファストらのパーティが評価されていたのは、ユウキがいたため。それがいない今では見る影もないのだ。

「クソッ、あいつめ」

ベルファストがぼやく。

それに、ジークムントが続く。

「あのユウキというアホは何なのだ！　貴族である俺たちを平然と攻撃しても謝らない！

そのうえ、これ見よがしに馬鹿げた武器を振り回しおって……今に見ていろよ。俺様たちがその気になれば……」

そこでジークムントは考える。

今のジークムントたちの順位はギリギリ8位ほど。平凡であり、特筆《とくひつ》すべき功績など立てていない。ここ最近狩れたのはウルフくらいだ。

モンスターの素材は採れても、いつもボロボロ。

貧窮《ひんきゅう》している原因は、ジークムントでもさすがにわかる。

解体できる者がパーティにいないからだ。

「仕方ない。冒険者ギルドで人材を探そう」

そう言うが、報酬を渡す気など全員がなかった。

解体など勇者がやるものではない。解体をする連中は、こちらの言うことを聞いていればいいだけ。

彼らは勇者とは名ばかりの無法者であった。

翌日。

「オイ、受付」

「……」

「オイ！」

「はいはい、何でしょうか」

二度目になって、ようやくジークムントたちのほうを向くギルド職員。

その行動に、ジークムントは剣を抜きたくなったが、危害を加えると犯罪者リストに名前が入るのでグッと我慢した。

単刀直入に用件を言う。

「人材を探している。索敵に向いた盗賊と解体師だ」

「残念ながら空《あ》きがありません」

「なんだと！」

「現在この町では大規模なモンスター狩りが行なわれていて、その方面の人材は引く手数多。どこのパーティでも専属となっております。フリーの人材はいませんね」

ギルド職員は淡々と説明した。

ジークムントが声を荒らげる。

「俺たちは国に任命された勇者だ。他の連中などよりも結果を出せる。他のパーティの人材を引き抜いてこい」

ギルド職員は冷めた顔をしていた。

「へぇ？　たかが8位の冒険者がえらく喚きますね。国に任命された、ですか？　そんなものは冒険者ギルドでは何ら価値のないものです。そんな程度のもので動くほど暇ではないのですよ。ついでに言うと、王族や貴族がいくら喚こうが、現実は変わりませんから」

ジークムントはその言葉で激昂《げきこう》する。

自分らのすべてが無価値……だと？　ふざけるな！　国の威信と誇りを背負っている勇者に対して何たる発言。

彼は、今すぐにでも目の前のギルド職員を斬り殺してしまいたかった。思わず剣の柄《つか》に手が伸びる。

「兄ちゃん、それ以上はやめときな」

ごつい男が、彼の後ろに立っていた。

「な、何だ。お前は？」

見知らぬ男の雰囲気に圧倒されるジークムント。男は、見るからに歴戦の猛者という感じだった。

「う、うるさい！　余計な口を出すな！」

「余計な口を出さないといけないことをしてるのは、そっちのほうだがね」

「くっ」

「ギルドの受付に危害を加えようと考えただろ？　そいつはいけねぇよ。よしんば成功したとしても、その後どうなるかぐらいは聞いてるだろう」

冒険者ギルドには、秘密裏に動く暗部《あんぶ》が存在している。いっさいの情報が不明な彼らはただ命令に従うだけで、命乞《いのちご》いは聞いてくれないという。

男は続ける。

「わかるだろ？　血気盛《けっきさか》んなのは若者らしいが、危害を加えるのだけはやめとけ。長生きしたいなら」

「お、お前なんかごときに何がわかる！」

「いろいろわかるさ。モンスターの発見を行なう盗賊がいないだけでなく、解体を行なう解体師までおらず収入が乏しいんだろ。だが、極めて馬鹿だな。パーティの健全な収入のために優先して確保しないといけない人材を無視している」

「ふん！　モンスターなど倒したということだけを報告するようにすればいいのだ！」

「おいおい、そんなのは世の中通らないぜ。冒険者ギルドはモンスターの脅威を取り除くと同時に、その遺体から有用な部分を確保しているから金があるんだ」

「な、なら！　我らも同じことをすれば」

「死なないとわからない連中だな。過去に似たような組織を立ち上げたのがいたが、皆消えちまったよ。わかるか？　あらゆる面で冒険者ギルドに勝てなかったからだ」

「……」

「てめぇらが金に困ってるのはいろいろと足りないのが多いからだろう。これを機会に人付き合いのやり方を覚えたほうがいいぞ」

そう言うと、男は去っていった。

「クソッ、勇者なのに、勇者なのに……」

ジークムントは歯軋《はぎし》りをする。

彼の実家には自分たちの活躍を待っている親、親族、兄弟らがいるのだ。こんなところでつまずいてなどいられない。

（とにかく、金だ。それさえあれば何でもできる）

金至上主義者はどこにでもいるが、分不相応な夢は破滅《はめつ》を呼ぶ。間違った考えを信じ続ける勇者らは、自分たちが危うい橋を渡っていることを理解していなかった。

その後も、ジークムントとベルファストらは仲間探しを続けるが、すべて空振った。自分たちに都合の良い条件を押しつけているので、当たり前なのだが……

×　×　×

「「帰ってください」」

ジークムントたちは今日も諦めずにメンバー探しをしていた。

女二人に対して、乱暴な口調で問い詰める。

「なぜだ！」

「あなたたちは本当に冒険者ですか？　なら、モンスターを察知する盗賊と、倒したあとの解体作業を行なう解体師の重要性は理解してますよね？　なのに低い報酬しか支払おうとしない」

そんなパーティに入っても利益が得られない。それどころか命の安全すら危うい。二人の女性はパーティ加入を拒否し続けていた。

「たかがモンスターを見つけるだけ、解体するだけしかしないくせに、そんなに高い報酬をなぜ支払わねばならんのだ！」

未だに受け入れられないジークムント。

パーティの規模や特徴によって、報酬の歩合《ぶあい》も異なるのが常識だが、盗賊や解体師が多く取り、戦士や術師が低くなるのが一般的だ。

盗賊が優遇される理由は、どんな屈強なパーティでもモンスターを発見できなければ何もできないから。盗賊はそれ以外にも、トラップを仕掛けたり、弓で遠距離から攻撃を仕掛けたりする。モンスターの行動を先読みして指示を出したりもする。

優秀な盗賊は、案内する者《ガイドマン》と呼ばれる。優秀なパーティには必ず存在し、まさにモンスターのいる場所へ仲間を案内するのだ。

解体師はモンスターを倒したあとの作業を一手に任される。魔法のバッグに入れられる容量に限界があるので、どれを持ち帰るのかを判断するのだ。解体した素材の状態で売却《ばいきゃく》価格が変動するため、収入を左右する存在と言える。

解体師は料理人を兼任《けんにん》していることが多い。肉を腐らせないようにする知識を持ち、現地で飲料水等も調達することも頻繁にある。

このように盗賊と解体師はマルチに活躍するため、報酬を多く取るのだ。

「モンスターを倒せばいいだけ、なんて馬鹿な考えではパーティの資金はすぐになくなります。常識を覚え直しなさい」

そうして女二人は去っていった。

「クソが！ クソがクソがクソが‼ なぜだ。以前いたというユウキと同じ条件なのに、こうも逃げられるのだ！」

ユウキが酷い待遇に甘んじていたのは、この世界の状況がわからなかったため。下手に逆らって犯罪者として追われることを避け、脱出の機会を伺っていたからだ。

ベルファストらの戦闘能力は高くない。それでも相当な額を稼いでいたのはユウキのおかげである。本来であればユウキが受け取る金を奪い、それを自分らの実力によるものだと勘違いをしたのだ。

ジークムントのパーティには、ユウキのような役割をできる人材がいない。だからこそ稼ぎがまったくなかった。

そうして彼らは、誘っても断られるということを繰り返していた。

「クソッ、このままでは満足に狩りもできん。どうすれば良いのだ？」

ジークムントは上手くいかない現実に歯軋りしていた。

「それなら他のパーティと合同で行くとか」

パーティの一人が提案するが、ジークムントは声を荒らげる。

「そんなものは論外《ろんがい》だ！　我々勇者が下民と行動するなど誇りを汚すだけだ」

「でも……」

「敵さえ見つければ良いのだ……そうだ、こうしよう」

そうして良からぬ考えを思いつく。

「他のパーティを追尾して、獲物を横取りしよう」

「えっ」

あまりにも馬鹿げた考えに、パーティメンバーは唖然《あぜん》としてしまう。

「そ、それはギルド規則で禁止……」

「ふん。どうせギルド連中は貴族の援助を受けているのだ。その貴族から信頼されている我らが結果を出せば何も言えなくなる。よし、さっそく実行しよう」

ジークムントらは良策《りょうさく》を思いついたと上機嫌であった。

その場を去ろうとするジークムントに、パーティメンバーの女性が声をかける。

「ジーク、どこに行くのですか？」

「決まっておろう」

どうやら、ジークムントは酒場に行くらしい。

「あのぉ、今は所持金も心もとないので、できる限り出費は減らすべきだと思います。ただでさえ収入が乏しいのですから」

女性がそう言うと、ジークムントは嘲《あざけ》るように告げる。

「勇者が酒場で豪遊し英雄譚《たん》を話すのは、古来常識であろう。お前らが心配することなど何もない」

高らかに笑いながら行ってしまうジークムントとベルファストたち。

それを見送ったジークムントのパーティの三人は、呆然としていた。

×　×　×

三人はそのまま宿屋に戻る。

「なぁ、これ、どうしたらいいかな」

茶髪の青年が、他の二人に質問する。

「ただの馬鹿。ウルフを数体倒したくらいで、英雄気取りなんてありえない」

「そうですよねぇ」

二人の女性も同調する。

「ベルファストらのもとにいた二人……ファラとメルだったか。あの二人は馬鹿な連中についていけず、姿を消したんだよな。俺らも消えたいよ」

「「そうですねぇ」」

ジークムントに従っていた三人は、現実が多少見えていた。彼らは何度となくジークムントに忠告していたが、ジークムントは聞く耳を持ってくれなかった。

「大きな功績を挙げれば重用してやるって言われたけど、俺らの戦闘能力じゃ元から無理だろ」

青年が愚痴をこぼす。

「冒険者ギルドで勉強するべきことをすべて無視してますからね。どこまで続くのやら」

「大体が無理な計画なのよ、勇者こそが最強の存在であると知らしめろとか。現実に世の中を動かしてるのは、今や冒険者ギルドよ」

三人とも下級貴族の出であった。

教会で勉強して冒険者を目指していたところ、突然ジークムントが現れ、「勇者の従者になれ」と命令されたのだ。

初めは、王国が認める勇者と組めると喜んだものの、実際は子分扱いだった。扱いは日に日に酷くなる一方で、最近は捨て駒のような待遇になっている。戦闘では誰よりも前に置かれ、ひたすら酷使されているのだ。

それでも逃げることができないのは、彼らの家族が勇者の後ろ盾である貴族に囲われ、金銭が送られているという報告が入るから。

この三人は、勇者という馬鹿に付き合わされている不幸な者たちであった。

「なぁ、これからどうするよ？」

「そうですねぇ」

「どうしましょうか」

三人は悩む。何より金も不足しているので、やれることなどほとんどない。

それもこれも、ジークムントが浪費《ろうひ》してしまうのが原因だった。

「あいつは好きに金を使ってるくせに、必要経費は出さないんだよな」

冒険者というのは何かと金が出ていく。装備品や雑多《ざった》な道具を揃えるのに金がかかるのは言うまでもないが、日々暮らしていくのもただではない。例えば服を洗うのだって金がかかるのだ。

しかし、ジークムントはすべてを三人に押しつけていた。金はいっさい払わずに。

彼らは、まだまだ駆け出し冒険者である。本来であればギルドでの勉強が必要なのだが、ジークムントがそうした費用を払おうとしないため、まったくレベルが上がっていなかった。わずかに入る収入も散財してしまうため、常に金欠状態だ。

「冒険者ギルドで勉強したいことがいろいろあるんだけどなぁ」

「そうですねぇ、せめて私たちに勉強費を出してくれればいいんですけど」

「あいつは誰かを引き抜けばいいとしか考えてない、しかも金も払おうとしない」

まさに馬鹿の極みで、このままではパーティが崩壊するのは明白だった。

三人は悩む。

「仕方ない、冒険者ギルドに借金して勉強させてもらおう」

どのみちこれ以上は我慢できるものではなかった。冒険者ギルドに頭を下げて勉強を受けるしかないと、三人は判断した。


翌日、三人は冒険者ギルドに向かった。

「あら、勇者様たちではありませんか」

ギルドの受付はいつも通り出向かえてくれたようだが、そうではない。それは「勇者様」という呼び方に表れている。勇者の称号は、大昔は特別な意味を持っていたが、現代ではそうではないのだ。

「すみません」

「はい、何でしょうか」

居心地の悪さを感じつつ、青年は意を決して言い出す。

「解体や索敵などを勉強させてほしいのですが」

「勇者様は敵を倒せば満足な方々ばかりだと思いましたが」

ギルドの受付はそう言って意外そうな顔をすると、三人に不審げな視線を向ける。

青年は怯えながら尋ねる。

「受けられますか？」

「解体と索敵は、初心者から熟練者にまで人気《にんき》のある講座です。申し込みをすれば受講できますが、身に付くかどうかは個人差があります」

なお、授業料はそこそこかかってしまう。

三人がそのことを心配していると、ギルドの受付が尋ねてくる。

「今お支払いしますか」

「すまないのですが、あと払いにしてほしい」

すると、受付は嫌そうな顔をした。

それもそのはずだ。これくらいの金すらあと払いにしなくてはいけないほど困窮しているほうがおかしいのだ。

結局、あと払いで受講させてもらえることになった。

そうして三日間、三人はミッチリと勉強に時間を費やした。

×　×　×

「ふぅ。とりあえず最低限の経験は積めたな」

「そうですけど、実戦では何が起こるか予測できませんから」

「もうちょっと長い期間受けたいんですけど」

三人は講習を受けたが、あくまでも冒険者としての最低限の知識と技術にすぎない。今後を考えれば不足しているものがあまりにも多く、実戦ではどのくらい役立つのか不安が多かった。ジークムントらは戦闘だけしかできない馬鹿なのでサポートが大変なのだ。

「オイ！　貴様ら‼」

冒険者ギルドを出て外を歩いていると——

そのジークムントたちと出会った。

「「ゲッ！」」

「何だ、その嫌そうな顔は！」

ジークムントはそう言うと、さらに尋ねてくる。

「今までどこをほっつき歩いていたのだ！」

「……何でそんなこと言わなきゃならないんだ？」

「決まっておろうが！　勇者とは威厳《いげん》を持って行動しなくてはならん。それが下民と交じるなどありえないのだ！」

「「「……」」」

三人は内心で、ウゼェウゼェクソウゼェと思った。

何が威厳を持ってなのだろうか。酒と女と金にしか興味がないくせに！　誇りとか名誉などとは無縁の行動しかしてないくせに！

三人が不快そうな顔をしていると、ジークムントは大声で尋ねる。

「仲間は見つかったのか！」

「いえ……」

見つかるはずもない。

「この愚物が！　我々が名声を高めるために行動しておったのに、貴様らは遊んでいたのか！」

遊んでいたのはそっちだろう！　そう反論したかったが、貴族の手の内にある家族がどうなるかわからないので、三人は黙るしかなかった。

「フン！　結局、下級貴族は下級貴族か！　我々上級貴族とは勉強した内容が違いすぎる！　せいぜい盾代わりか‼」

罵詈雑言の嵐《あらし》に、三人は思わず剣の柄に手をかけそうになる。なおその間、ベルファストたちはジークムントのご機嫌取りしかしなくなっていた。

「もういい！　さっさと行くぞ。これからモンスターを駆逐《くちく》しに行く」

ジークムントは、これで所持金不足はすべて解決すると高笑いする。

三人は、何の情報もないのに無理だと思っていた。だが、それでもついていくしかない。

三人は、ジークムントに見られないように深いため息をつくのだった。

「銀座編」大好評発売中!
累計650万部(電子含む)突破!
ゲートSEASON1～2
大好評発売中!
SEASON1　陸自編
単行本
●本編1～5／外伝1～4／外伝+
●各定価:本体1,870円(10%税込)
文庫
●本編1～5〈各上・下〉／外伝1～4〈各上・下〉／外伝+〈上・下〉
●各定価:本体660円(10%税込)
漫画
漫画:竿尾悟
●1～21(以下、続刊)
●各定価:本体770円(10%税込)
SEASON2　海自編
単行本
●本編1～5
●各定価:本体1,870円(10%税込)
文庫
最新5巻〈上・下〉大好評発売中!
●本編1～5〈各上・下〉
●各定価:本体660円(10%税込)

大ヒット
異世界×自衛隊
ファンタジー!
ゲート0《ゼロ》
GATE:ZERO
自衛隊
銀座にて、
斬く戦えり
〈前編〉
〈後編〉
柳内たくみ
Yanai Takumi
ゲート始まりの物語
「銀座事件」が小説化!
20XX年、8月某日――東京銀座に突如『門(ゲート)』が現れた。中からなだれ込んできたのは、醜悪な怪異と謎の軍勢。彼らは奇声と雄叫びを上げながら、人々を殺戮しはじめる。この事態に、政府も警察もマスコミも、誰もがなすすべもなく混乱するばかりだった。ただ、一人を除いて――これは、たまたま現場に居合わせたオタク自衛官が、たまたま人々を救い出し、たまたま英雄になっちゃうまでを描いた、7日間の壮絶な物語――
●各定価:1,870円(10%税込)
●Illustration:Daisuke Izuka
650万部!
自衛隊、ついに状況開始!!

アルファライト文庫

この作品に対する皆様のご意見・ご感想をお待ちしております。

おハガキ・お手紙は以下の宛先にお送りください。

【宛先】

〒150-6008 東京都渋谷区恵比寿 4-20-3 恵比寿ガーデンプレイスタワー 8F
(株) アルファポリス　書籍感想係

メールフォームでのご意見・ご感想は右のＱＲコードから、
あるいは以下のワードで検索をかけてください。

アルファポリス　書籍の感想　検索

ご感想はこちらから

本書は、2020 年 9 月当社より単行本として
刊行されたものを文庫化したものです。

解体《かいたい》の勇者《ゆうしゃ》の成《な》り上《あ》がり冒険譚《ぼうけんたん》 2

無謀突撃娘（むぼうとつげきむすめ）

2022年 10月 31日初版発行

文庫編集－中野大樹／宮田可南子
編集長－太田鉄平
発行者－梶本雄介
発行所－株式会社アルファポリス
〒150-6008東京都渋谷区恵比寿4-20-3恵比寿ガーデンプレイスタワー8F
TEL 03-6277-1601（営業） 03-6277-1602（編集）
URL https://www.alphapolis.co.jp/
発売元－株式会社星雲社（共同出版社・流通責任出版社）
〒112-0005東京都文京区水道1-3-30
TEL 03-3868-3275
装丁・本文イラスト－鏑木康隆
文庫デザイン—AFTERGLOW
（レーベルフォーマットデザイン－ansyyqdesign）
印刷－中央精版印刷株式会社

価格はカバーに表示されてあります。

落丁乱丁の場合はアルファポリスまでご連絡ください。

送料は小社負担でお取り替えします。


ISBN978-4-434-30988-5 C0193